KB010161

루시의 기억

아름다운 청소년 ㉘

루시의 기억

초판 1쇄 인쇄 2022년 10월 19일 | 초판 2쇄 발행 2023년 5월 25일

지은이 권요원 | **펴낸이** 방일권

디자인 강소리 | **홍보관리** 손은영

펴낸곳 별숲 | **출판신고** 2010년 6월 17일 | **주소** 경기도 파주시 광인사길 68, 403호

전화 031-945-7980 | **팩스** 02-6209-7980 | **전자우편** everlys@naver.com

ISBN 979-11-92370-27-9 44800
ISBN 978-89-965755-0-4 (세트)

루시의 기억

권요원 장편소설

별숲

이 이야기는 누군가의 기억에 관한 이야기,
새롭게 만들어 갈 기억에 관한 이야기입니다.
누군가가 나의 기억을 이식받았다면
그는 또 다른 나일지도 모릅니다.
그가 설령 인공 지능일지라도…….

_권요원

차 례

프롤로그

"제길!"

여자의 머리는 엉클어져 있고 옷차림새는 엉망이었다.

푸른 피멍과 찢긴 상처가 가득한 여자의 행색은 영락없는 도망자였다.

여자는 계수나무 아래 우거진 수풀 뒤에 바짝 웅크리고 앉아서 길 건너에 있는 초록색 지붕의 주택을 응시했다. 2층으로 된 목조주택은 한적한 시골 마을과 어울리지 않게 경비가 삼엄했다. 무인 드론이 집 위를 맴돌았고, 가드 로봇 두 대와 건장한 체격의 사내 여러 명이 주변을 서성거렸다. 그들을 앞지르려고 서둘렀지만 한 발짝 늦은 모양이었다.

"경계를 더 강화하도록! 도망자가 틀림없이 이쪽으로 올 테니까."

추적자 한 무리가 이야기를 나누는 소리가 들렸다.

추적자들은 여자가 이곳으로 올 줄 예상한 것 같았다. 갈 곳을 예측하기는 어렵지 않았을 것이다. 여자가 만나려고 하는 사람이 이곳에 있으니까.

"하나, 둘, 셋……."

여자는 사내들의 수를 세어 보았다. 보이는 것만 다섯 명이었다. 저택 뒤쪽으로 보이지 않는 곳에도 있을 테니 십여 명은 족히 될 것이다. 가드 로봇은 살상 무기가 없지만, 사내들은 소형 총기로 무장하고 있을 것이다.

"할 수 있어. 모두 다 잘 해결될 거야."

여자는 혼잣말을 되뇌며 불안한 마음을 진정시키려 애썼다.

여자는 주머니 속에서 휴대폰을 꺼냈다. 더 늦기 전에 통화해야 할 사람이 있었기 때문이다. 전화가 연결되면 그 즉시 추적이 시작될 것이다. 추적자들이 이미 도청하고 있을 테니까.

"딱 30초면 돼."

손목시계는 기능을 잃어버린 지 오래였기 때문에 시간을 확인하는 것은 불가능했다. 오롯이 감에 의지할 수밖에 없었다.

여자는 어딘가로 전화를 걸었다. 벨이 한참을 울리는 동안에도 상대방은 전화를 받지 않았다. 여자는 마음이 조급해졌다. 배터리가 떨어질지도 모르는 급박한 상황인데 전화를 받지 않으니 속이 시커멓게 타들어 갔다.

"누구세요?"

한참 뒤에야 수화기 너머에서 앳된 목소리가 들렸다.

"여보세요? 가온아?"

발각될 위험을 감수하면서까지 듣고 싶은 목소리였다.

"엄마?"

딸아이의 목소리를 듣자 안도감이 들었다. 눈물이 왈칵 쏟아지려 했지만, 여자는 입술을 지그시 깨물며 울음을 참았다.

"그래, 엄마야."

여자는 목소리를 낮추며 말했다.

"전화번호가 달라서 엄마가 전화했을 거라고 생각 못 했어."

"통화는 길게 못 해. 배터리가 얼마 없어. 가온아, 별일 없는 거지?"

여자의 목소리에는 반가움과 다급함이 뒤섞여 있었다.

"어, 별일 없어. 그런데 엄마는 어디야? 오늘 못 오는 거야?"

여자는 딸아이의 물음에 대답하지 않고 아빠의 안부를 되물었다.

"아빠는 어때?"

"아빠는 잘 있어. 그런데 엄마는 언제 와?"

"곧 갈 거야."

통화하는 동안에도 여자의 눈은 손목시계에 머물러 있었다.

"빨리 와. 보고 싶어."

흔들리지 않겠다고 다짐했는데 막상 딸아이의 목소리를 듣자 또다시 마음이 흔들렸다. 이대로 주저앉고 싶고, 모든 것을 포기하고만 싶었다. 하지만 돌이킬 수는 없었다. 이제는 너무 멀리 와 버려서 되돌아갈 엄두조차 나지 않으니까.

"가온이는 엄마 믿지?"

여자는 마음을 굳게 다잡으며 물었다.

"엄마, 왜 그래? 무슨 일 있어?"

마음이 전해졌는지 딸아이의 목소리에서 긴장감이 느껴졌다.

"대답해! 엄마 믿지?"

여자의 단호함에 딸아이가 울먹이기 시작했다.

"그래, 믿어."

"가온아, 누구한테 어떤 얘기를 들어도 사실이 아니야. 코월을 믿지 마. 그들이 숨기는 게 있어."

"엄마, 무서워. 도대체 왜 그러는 거야?"

"다 해결하면 돌아갈 거야. 오래 걸리지 않을 거야."

"엄마, 잠깐만! 무슨 말인지 모르겠어."

"이제 끊어야 해. 가온아, 잘 지내고 있어. 알았지?"

"엄마, 빨리……."

여자는 전화를 끊었다.

"엄마……."

딸아이가 자신을 부르던 목소리가 귓가에 맴돌았다.

"엄마……."

여자는 딸아이가 자신을 부르던 것처럼 '엄마'를 읊조렸다. 눈가에 맺힌 눈물을 쓰윽 훔쳐 내고, 주먹을 불끈 쥐며 마음을 다

잡았다.

무슨 일이 있어도 어머니를 만나야 한다. 오늘이 아니면 다시는 만나지 못할 수 있다. 위독하신 어머니는 어쩌면 오늘 밤을 넘기지 못할 수도 있으니까.

몇 차례 생사의 고비를 넘기면서도 어머니를 만나러 오는 걸 포기하지 않았다. 추적자들에게 잡히면 물거품이 되리라는 것을 알지만, 여기까지 와서 멈출 수는 없었다. 그래도 불길한 생각을 떨쳐 낼 수 없었다.

계수나무가 서 있는 낮은 언덕은 여자의 추억이 깃든 장소였다. 오래전 나무에 글자를 새겨 넣었던 기억이 떠올랐다. 글자를 새겨 넣은 것은 누군가 자신의 흔적을 발견해 주기를 바라는 마음에서였다.

여자는 자신이 해야 할 일을 깨달았다. 그래서 나무에 글자를 새겨 넣기 시작했다. 혹시라도 딸아이가 자신이 새긴 글자를 발견한다면, 엄마가 이곳에 왔었다는 사실을 알게 될 것이다. 어쩌면 딸아이에게 남기는 마지막 선물이 될지도 모른다. 지금으로서는 그렇게 되기만을 간절히 바라는 수밖에 없었다.

"엄마, 조금만 기다려요. 곧 만나러 갈게요."

여자는 스스로 다독이며 몸을 낮추고 움직이기 시작했다. 날렵한 동작으로 경비의 눈을 피하며 한 걸음, 한 걸음 다가갔다. 어머니가 있는 집으로…….

학교 폭력 위원회

똑똑똑.

“가온이 아빠입니다. 들어가도 될까요?”

우진은 상담실 앞에서 대답이 오기를 기다리며 넥타이를 매만졌다.

긴장한 탓인지 옷매무새에 자꾸만 신경이 쓰였다. 좋은 인상을 심어 주려면 최대한 공손한 태도를 유지해야 할 것 같았다.

한 시간 전, 딸아이의 담임 교사로부터 급하게 상담하고 싶다는 연락을 받았다. 큰 문제라고는 생각하지 않지만, 딸아이의 일로 학교를 찾은 것이니 의기소침해지는 것은 어쩔 수 없었다.

잠시 뒤, 문이 열리고 낯익은 얼굴이 모습을 드러냈다.

“어서 오세요, 가온이 아버님. 바쁘실 텐데 와 주셨네요.”

문 앞까지 나와 우진을 맞는 담임 교사에게서 위축된 분위기가 느껴졌다.

"하나밖에 없는 딸아이 일인데, 당연히 와야죠."

우진은 담임 교사의 안내를 받으며 상담실 안으로 들어갔다.

상담실 한가운데, 커다란 테이블을 앞에 두고 학교 관계자로 보이는 세 명이 마주 보고 앉아 있었다. 나이가 지긋하고 풍채 좋은 남성과 두 명의 여성이었는데, 정장 차림과 경직된 표정 때문인지 냉랭한 분위기가 감돌았다.

우진은 가벼운 눈인사를 건네고 상담실을 둘러보며 딸아이를 찾았다. 한쪽 귀퉁이 의자에 웅크리고 앉아 있는 딸아이가 보였다. 딸아이는 다친 작은 새처럼 애처로웠다.

"가온아, 아빠 왔어."

딸아이는 아빠를 힐끗 보고는 고개를 푹 숙였다.

"아버님, 이쪽에 앉으시죠."

나이가 지긋하고 풍채 좋은 남성이 맞은편에 있는 의자로 우진을 안내했다. 그러자 담임 교사가 남성을 소개했다.

"교장 선생님이세요."

"처음 뵙겠습니다. 가온이 아빠입니다."

우진이 자리에 앉자마자 교장 옆에 앉은 여성이 입을 열었다.

"가온이는 너무 폭력적이에요!"

우진은 단도직입적인 말에 당혹감과 불쾌함을 느꼈다.

"초면인데 말씀이 너무 지나치신 것 같군요."

공손해야겠다고 마음먹었지만, 예의 없는 사람에게까지 낮은 자세를 보이고 싶지는 않았다. 조금이라도 비굴한 모습을 보였다가는 상대방이 더욱더 강경하게 나올 게 틀림없기 때문이다. 게다가 딸아이가 뒤에서 보고 있었다. 자신이 비굴한 모습을 보이면 딸아이는 더욱 초라해질 것이다.

"우리 학교 이사장님이세요."

살짝 귀띔해 준 담임 교사는 전전긍긍하는 모습이었다.

"아! 이사장님이시군요. 하지만 아이가 처한 상황도 아시잖아요. 조금만 시간을……."

우진은 하려던 말을 끝맺지 못했다. 이사장이 말을 끊었기 때문이다.

"가온이 아버님, 정말 유감스럽게 생각하고 있습니다. 딱한 사정은 알지만……."

"제가 잘 타일러 보도록 하지요."

우진이 말을 자르며 받아치자 이사장의 얼굴이 상기되었다.

"계속해서 가온이의 응석을 받아 줄 수는 없어요."

이번에는 옆에 있던 다른 여성이었다.

우진은 딸아이의 아픔을 한낱 투정쯤으로 치부해 버리는 태도가 못마땅했다.

"응석이라니요? 아이의 아픔을 보듬어 주기가 그렇게 어려우신가요?"

우진의 항변에 잠자코 있던 교장이 입을 열었다.

"가온이 아버님, 진정하세요. 이분이 가온이의 폭력으로 피해를 본 학생의 어머님이십니다."

교장의 말은 우진의 입을 막기에 부족함이 없었다.

"피해를 본 학생과 학부모님께는 형사 사건으로 넘어가지 않도록 저희가 간곡히 부탁드렸습니다. 어머님께서도 동의하셨고요."

이사장이 끼어들었다.

우진은 말을 잇지 못했다. 학교 관계자와 학부모의 협공에는 속수무책이었다.

"죄송합니다."

우진은 흥분을 가라앉히려고 애쓰며 학부모에게 정중히 사과했다.

"앞으로는 이런 일이 일어나지 않도록 주의하겠습니다. 딸아이에게 폭력을 당한 친구에게도 사과하고 싶군요."

"네, 알겠습니다. 사과는 받도록 하지요. 대신, 딸아이 훈계는 제대로 해 주세요."

학부모가 퉁명스럽게 대답했다.

"학교 입장에서도 난감한 상황입니다."

교장이 다시 입을 열었다.

"가온 양과 아버님의 처지를 이해 못 하는 것은 아니지만, 어찌 되었건 간에 불미스러운 사건은 매듭지어야 하니까요."

아무래도 단단히 벼르고 있었던 모양이었다.

"그냥 바보같이 당하고만 있으라고요? 나만 잘못한 것도 아니잖아요!"

가온이가 볼멘소리로 끼어들었다.

"가온아! 아빠가 선생님하고 얘기하잖니!"

"아빠, 내가 먼저 한 게 아니라고 말했잖아! 왜 내 말을 안 믿는 거야?"

우진은 자신에게 날아드는 딸아이의 원망을 피하느라 진땀이 날 지경이었다.

"그 얘기는 나중에 하자."

어쩌다가 이런 상황에 이르게 된 것인지 알 수 없으니 우진은 답답하기만 했다.

"가온 양이 전학을 가는 것도 하나의 대안이 될 수 있다고 생각해요."

이사장의 말은 권유라기보다 협박에 가까웠다.

학교 측의 인내심이 극에 달했다는 것을 알았지만 딸아이를 혼자서 돌보는 우진에게는 뾰족한 대안이 없었다.

"시간이 조금 더 필요한 것뿐이에요. 학교생활에 적응하느라 애를 먹었는데, 또다시 낯선 환경으로 간다면 더 나빠질 수도 있고요."

"아버님, 제가 특수 학교 쪽으로 알아봐 드릴 수 있어요."

담임 교사는 양쪽의 눈치를 살피느라 안절부절못했다.

우진의 머릿속이 복잡해졌다. 여느 때처럼 별일 없이 마무리될 거라고 생각했는데 순전히 착각이었다.

이사장이 우진 앞에 종이 한 장을 내밀었다. 자퇴서였다.

"결정을 내리기 어려우시다면, 자퇴하는 것도 방법일 것 같습니다."

"힘드시겠지만, 한번 생각해 보세요."

교장도 기다렸다는 듯이 자퇴를 권유했다.

우진은 함정에 빠진 것 같은 기분이 들었다. 모든 것을 이미 결정해 놓고 자신을 참관자로 불러들였다는 생각이 들어서 불쾌했다. 더는 대화를 이어 나갈 이유가 없었다.

"알겠습니다. 그럼, 생각해 보고 말씀드리죠."

우진은 자리에서 벌떡 일어나 가온이를 불렀다.

"가온아, 집으로 돌아가자."

딸아이는 고개를 푹 숙인 채 순순히 따라왔고, 우진은 인사도 없이 상담실을 빠져나왔다.

딸아이에게 화가 났지만, 화를 낸다고 한들 달라질 것은 없었다. 딸아이에게는 시간이 필요했고, 우진도 마찬가지였다.

"가온이 아버님!"

상담실 쪽에서 우진을 부르는 소리가 들렸다.

뒤돌아보니 담임 교사가 종종걸음으로 따라오는 게 보였다.

"아버님, 자퇴는 말도 안 된다고 생각해요."

빨라진 말투에서 다급함이 느껴졌다.

"전학이 여의찮으면 1년 정도 휴학을 생각해 보시는 것도 좋을 것 같아요. 교장 선생님과 이사장님께는 제가 말씀드려 볼게요. 죄송해요. 일이 이렇게 되어서……."

머리를 조아리는 담임 교사의 목소리는 가늘게 떨리고 있었다.

"별말씀을요. 본의 아니게 선생님을 곤란하게 해 드렸네요."

담임 교사의 마음 씀씀이에 우진은 차츰 화가 누그러졌다.

"가온아, 선생님께 인사드려야지."

우진이 딸아이에게 눈짓을 보냈지만, 고개를 숙인 가온이는 머뭇거리기만 할 뿐이었다.

그 모습을 본 담임 교사가 가온이를 와락 껴안고 울먹이는 소리를 냈다.

"가온아, 선생님이 도와주지 못해서 미안해."

마음이 전해졌을 텐데도 가온이는 목석처럼 뻣뻣하기만 했다.

가온이의 폭력적인 성향은 요즘 들어 더욱 심해졌다. 사춘기 탓이려니 하고 대수롭지 않게 넘어갔지만, 나아질 기미라고는 보이지 않았다. 가온이가 문제를 일으켜서 상담한 것만 해도 벌써 다섯 번째였다. 중학교에 입학한 지 불과 6개월 만에 문제아로 낙인찍힌 것이다.

"가온아, 타."

우진은 시동을 켜고 자율 주행 모드로 변환했다.

우진과 가온이를 태운 전기 자동차는 별다른 조작 없이도 자연스럽게 움직이며 주차장을 미끄러지듯 빠져나갔다.

“자퇴를 권유하다니, 대체 무슨 일이 있었던 거야?”

우진은 옆 좌석에 앉은 딸아이에게 다그쳐 물었다.

“별일 아니었어. 내가 사람을 죽인 것도 아니잖아!”

대수롭지 않다는 듯이 말하는 가온이를 보고 우진은 아연실색했다.

“가온아!”

“선생님도 그렇고, 애들도 다 나를 싫어해!”

가온이가 괴팍하고 삐딱하게 구는 게 마음의 상처 때문이라는 것을 알지만 마냥 받아 줄 수만은 없었다.

“너, 언제까지 어린애처럼 투정만 부릴 거니? 이제 너도 중학생이잖아. 열네 살이면 자기 행동에 책임질 줄 알아야지!”

따끔하게 혼을 내야겠다고 별렀던 우진은 자기도 모르게 잔소리를 늘어놓고 있었다.

“아빠는 너만 돌볼 수 없어. 아빠도 일이 있잖아. 계속해서 학교에 불려 다닐 순 없다고.”

“아빠가 내 생각을 한 적은 있어?”

가온이가 퉁명스럽게 말했다.

“휴우!”

우진의 입에서 깊은 한숨이 절로 나왔다.

“그럼, 나 관둘래. 그까짓 학교 안 다녀도 그만이야.”

“뭐라고?”

우진은 화들짝 놀라서 되물었다.

"자퇴하기를 바라면, 원하는 대로 해 주면 되잖아."

"지금 그게 할 소리니? 자퇴하면 뭐 할 건데?"

"엄마 찾아야지."

가온이는 단조롭게 말했다.

"또 그 얘기니?"

우진은 딸아이에게 화가 났지만, 입술을 깨물며 참았다.

"아빠는 왜 가만히 있기만 해. 엄마를 찾아야 할 거 아니야!"

딸아이의 채근에 우진은 아무 대답도 하지 못했다.

'내가 뭘 잘못한 걸까? 딸아이의 응석을 모두 받아 줘서일까?'

우진은 괜한 자책감에 빠져들었다.

얼마 전까지만 해도 가온이는 밝고 온순한 아이였다. 하지만 예기치 못했던 불행한 사건으로 딸아이의 성격이 급격하게 변했다.

1년 전, 우진의 아내이자 가온이의 엄마에게 사고가 생겼다. 화목했던 가정은 한순간에 무너졌고 가족은 공황 상태에 빠졌다. 누구에게나 찾아올 수 있는 불행이었지만 예상하지 못한 일이라 충격은 더 크게 다가왔다.

가장 큰 충격을 받은 사람은 다름 아닌 딸아이였다. 우진도 마음 아프고 괴로웠지만, 딸아이 앞에서 주저앉을 수는 없었다. 혼돈의 연속이었던 지난 1년의 세월은 지옥과도 같았다. 시간이 지나고 나서야 차츰 안정을 되찾아 갔고, 우진은 딸아이 역시 중학교에 입학하면서 마음을 추슬렀다고 생각했다.

우진은 엄마의 부재에 상심한 딸아이가 안쓰러워서 가온이의 부탁은 조건 없이 들어주었고, 그래서인지 가온이는 제멋대로 굴었다. 그 때문에 친구들과 갈등을 빚었고 학교생활마저도 위태로워진 것이다.

가온이에게는 심리적 안정이 절실했고 휴식이 필요했다.

"아무래도 휴학을 하는 게 좋을 것 같다. 당분간 외할머니 댁에 내려가 있어."

우진은 외할머니 집이 가온이가 휴식하기에 알맞은 장소라는 생각이 들었다.

"나더러 시골 촌구석에 틀어박혀 있으라고? 싫어!"

가온이의 공격적인 말투는 우진의 인내심을 바닥나게 했다.

"정가온!"

우진이 목소리를 높이자 움찔 놀란 가온이가 풀이 죽은 목소리로 대꾸했다.

"아빠, 부탁 하나만 들어줘. 그러면 아빠가 시키는 대로 할게."

가온이가 조건을 걸었다.

"뭐? 부탁을 들어주면 외할머니 댁에 간다는 거야?"

"응."

무슨 꿍꿍이속인지 모르지만 들어 본다고 나쁠 것은 없었다.

"알았으니까 일단 얘기나 해 봐."

"그럼, 나 언니 하나만 만들어 줘."

"뭐? 언니라고?"

"언니가 있었으면 좋겠어. 항상 언니 있는 애들이 부러웠거든. 언니가 있으면 내 편이 생길 것 같단 말이야."

가온이는 언니가 있으면 좋겠다며 우진을 졸랐다.

우진은 가온이의 부탁을 거절하기 힘들었다. 그렇게 해서라도 딸아이가 심리적 안정을 되찾을 수 있다면, 부탁을 들어주는 게 당연하다는 생각이 들었기 때문이다.

특별 주문

특이점이 왔다! 코윌은 인공지능 개발을 중단하라!

로봇세를 도입하라! 코윌의 비윤리적인 경영을 규탄한다!

피켓을 들고 시위하는 사람들로 거리는 복잡했다. 코윌(Co-Will)의 최고 경영자 데이비드 리가 로봇 전시장에 온다는 사실을 알고 크래커들이 모여들었기 때문이다.

"인간의 존엄성을 짓밟는 코윌! 각성하라!"

"이봐요. 좀 지나갑시다."

시위하는 사람들 틈에 끼어 있던 우진은 팔로 헤치며 앞으로 나아갔다. 코윌의 로봇 전시장에 들어가기 위해서였다.

"왜 하필이면 오늘 전시장을 방문한다는 거야?"

우진은 경찰들이 에워싸고 있는 시위대 틈바구니에서 빠져나오며 투덜거렸다.

딸아이의 부탁을 들어주기 위해 모처럼 휴가를 냈는데, 공교롭게 데이비드 리도 전시장을 찾는다는 것을 알게 되었다.

"정말 도움이 안 되는 사람들뿐이군."

우진은 코월이나 크래커나 모두 마음에 들지 않았다.

로봇 전시장 앞에 도착하자, 고급 승용차 한 대가 미끄러지듯이 멈춰 섰다. 데이비드 리가 차에서 내렸고, 시위 통제선 밖에 있던 크래커 몇 명이 갑자기 그를 향해 달려들었다. 그 순간, 경찰들이 곤봉을 휘두르며 크래커들을 제지했다. 크래커는 경찰의 비호를 받는 데이비드 리를 절대로 이길 수 없을 것이다.

"세상이 바뀐 줄도 모르고…… 쯧쯧쯧. 현실 감각이 떨어지니 저 고생을 하지."

데이비드 리는 씁쓸한 미소를 지으며 우진의 곁을 스쳐 지나갔다. 우진은 그의 미소 뒤에 비열함과 음험함이 감춰져 있다는 생각이 들었다.

코월은 회사의 브랜드 가치를 높이는 방법을 잘 알았다. 코월의 최신 제품을 직접 볼 수 있는 로봇 전시장은 누구나 쉽게 들어갈 수 있는 곳이 아니었다. 재산의 정도와 직업, 신분이 확실한 사람만 입장 카드를 발급받을 수 있었고, 전시장의 경비도 철통같았다. 그렇다 보니 코월의 전시장에 들어가는 것만으로도 자신의 가치를 높일 수 있다는 인식이 생겼다. 부의 상징으로 비치는 이미지 때문에, 조금이라도 여유가 있는 사람들은 너나 할 것 없이 코월의 제품을 구매하려고 애썼다.

전시장 안에 비치된 홀로그램 광고판에는 코월의 슬로건이 보였다.

The Future Will Come!(미래가 올 것이다!)

로봇 전시장에는 티끌 하나 보이지 않았다. 청소 로봇이 쉴 새 없이 움직이며 먼지를 빨아들이는 동시에 바닥에 광택을 내고 있었다.

우진은 혹시나 하는 마음에 주머니에 있는 작은 휴지를 떨어뜨려 보았다. 아니나 다를까, 어느새 나타난 청소 로봇이 우진이 떨어뜨린 휴지를 눈 깜짝할 사이에 삼켜 버렸다.

"이곳에는 바이러스가 침투할 엄두를 못 내겠군."

우진은 감탄을 금치 못하며 혀를 내둘렀다. '세계 최대의 최신 로봇 전시장'이라는 광고에 걸맞게 전시장에는 가지각색의 로봇이 전시되어 있었다.

많은 고객이 있었지만 크게 붐비지는 않았다. 1미터 크기의 안내 로봇이 최적의 동선을 탐색하며 고객을 안내하고 있었다.

[고객님! 무엇을 도와드릴까요?]

우진에게도 안내 로봇이 나타났다.

[집안일을 도와줄 가정부 로봇이 필요하시죠? HMR_

WA30(Home Maid Robot_Woman Age.30) 모델이 고객님을 만족시켜 드릴 수 있습니다.]

안내 로봇의 얼굴 위치에 있는 스크린에 여성형 가정부 로봇인 HMR_WA30 모델이 비쳤다. 우진을 스캔하고 개인 정보를 탐색한 모양이었다. 종종 있는 일인데도 불편한 마음이 드는 것은 여전했다.

[별도의 비용을 내시면 '부부 생활 모드' 기능을 추가할 수 있습니다. 길고 지루한 밤…….]

"방해받고 싶지 않으니 알림을 꺼 줘."

우진은 단호하게 말했다. 생각할 겨를도 주지 않고 정보를 쏟아 내는 안내 로봇의 호의는 늘 부담스러웠다.

"귀찮게 하지 않을 거면 따라다녀도 돼."

우진의 말을 알아들었는지 안내 로봇은 잠잠해졌고, 얼굴 위치에 있는 스크린에 '추적 모드로 전환되었습니다.'라는 메시지가 활성화되었다.

우진은 전시장을 천천히 둘러보며 전시된 제품들을 살펴보기 시작했다. 안내 로봇이 뒤를 바짝 쫓았지만, 성가시게 굴지 않아서 마음이 한결 가벼웠다.

전시장 1층에는 아이들이 가지고 놀 수 있는 놀잇감과 교육용 제품들이 있었다. 무선 조종 드론과 조립식 로봇 장난감 그리고 공부를 도와주는 학습 지도 로봇이었다. 마음 같아서는 학습 지도 로봇을 사 주고 싶은데, 딸아이는 싫어할 게 뻔했다.

맞은편에는 반려 로봇이 전시되어 있었다. 강아지나 고양이, 앵무새 같은 반려동물의 외형을 본뜬 로봇과 많지는 않지만 물고기나 곤충, 도마뱀 같은 외형의 로봇이 있었다.

펫봇은 우진에게도 친숙했다. 어릴 적, 강아지 로봇을 사 달라고 엄마를 졸랐던 기억이 떠오르자 입가에 미소가 절로 지어졌다. 지금 생각해 보면 조악하기 그지없지만, 그때는 왜 그렇게 갖고 싶었는지 모를 일이었다.

우진은 입가에 미소를 머금은 채 전시장 2층으로 올라가는 엘리베이터를 탔다.

2층에는 커피 머신 로봇이나 빨래 로봇, 청소 로봇같이 생활에 도움을 주는 생활 도움 로봇이 전시되어 있었다. 단순한 기능을 가진 심부름 로봇은 크기나 디자인, 기능이 천차만별이었고 최신 제품일수록 가격이 높아졌다.

전시된 로봇의 종류는 우진이 알고 있던 것보다 다양해서 '세계 최대의 최신 로봇 전시장'이라는 광고가 허풍이 아님을 증명하고 있었다.

"구경하다가 시간 가는 줄도 모르겠군!"

우진은 원하는 제품을 찾기 위해 의료 지원 기구가 전시된 3층으로 올라갔다. 어떤 신기한 로봇이 자신을 놀라게 할지 궁금했다.

"음, 내가 찾는 건 없는 것 같은데……."

다양한 의료 지원 기구와 최신 '의료용 웨어러블 슈트'가 전시되어 있었지만, 우진이 찾는 로봇은 보이지 않았다.

"누구한테 물어봐야 하지?"

우진이 혼잣말을 중얼거리자 안내 로봇이 활성 모드로 변경되었다.

[고객님, 무엇을 도와드릴까요?]

안내 로봇이 물었다.

이번에는 우진도 안내 로봇의 호의를 거절하기가 힘들었다.

"음, 간병 로봇이 필요한데, 일반적인 제품이 아니야."

우진이 로봇 전시장을 찾은 것은 간병 로봇을 구매하기 위해서였다. 투병 중인 장모님을 간병하고, 가온이의 언니가 되어줄 수 있는 로봇이었다.

"특별 주문을 하고 싶은데, 어떻게 하면 되지?"

우진의 말에 안내 로봇이 대답했다.

[고객님, '특별 주문'에 대한 안내 사항은 '항목'에 존재하지 않습니다. '항목' 이외의 '정보'는 드릴 수가 없습니다.]

모든 것을 다 알 것 같은 안내 로봇에게도 제한된 정보가 있는 것 같았다.

"조그만 녀석이 잘난 체하더니, 네가 모르는 것도 있구나!"

우진은 헛웃음이 나오려는 것을 참으며 혼잣말을 내뱉었다.

"새로운 도우미는 당연히 너보다 크겠지?"

['특별 주문'은 '성인 정보'에 해당하며, 고객님의 문제를 해결할 도우미를 호출했습니다.]

"아, 아니, 뭔가 오해를 한 것 같은데……."

우진은 안내 로봇의 말에 손사래를 쳤다.

[잠시만 기다려 주세요.]

기분 탓인지 안내 로봇의 음성이 의기소침해진 것처럼 들렸다.

'참나, '특별 주문'이 성인 정보일 줄이야……. 부탁을 괜히 들어준다고 했나?'

우진은 새로운 도우미를 기다리며 속으로 생각했다.

전시장을 찾기까지 많은 고민이 있었다. 잘하는 일인지, 필요한 일인지 확신이 서지 않았기 때문이다. 전시장에 발을 내디딘 지금까지도 망설임은 마음 한편에 자리를 잡고 있었다.

망설임은 인공 지능 개발 반대 단체인 크랙(Crack)과 크래커를 떠올리게 했다. 우진도 인공 지능 로봇이 생활 깊숙이 파고드는 게 마음에 들지는 않지만 그렇다고 크래커의 과격한 행동을 옹호하는 것도 아니었다.

로봇을 가정에 두면 좋은 점이 많다. 힘든 일을 대신 해 주고 사람을 도와주며, 놀이나 교육에도 효과적이다. 또 인공 지능 로봇이 물에 빠진 아이를 건졌다거나, 홀로 사는 독거노인을 구했다는 훈훈하고 감동적인 뉴스도 종종 있었다. 코월은 반려 로봇이 혼자 사는 사람에게 꼭 필요한 제품이라고 홍보했는데, 어느 정도는 맞는 말이었다. 로봇이 반려동물을 대신해서 사람의 외로움을 채워 주는 것은 사실이니까.

아직은 반려 로봇과 부부처럼 생활하는 사람이 많지 않아도 시간이 조금 더 지나면, 언젠가는 자연스러운 일이 될 것이다. 하지만 로봇의 외형이 인간과 가까워질수록 우진은 꺼림칙한 기분이 들었다. 그런 날이 오더라도 될 수 있으면 늦게 오기를 바라는 마음이었다.

"오래 기다리셨습니다, 고객님! '특별 주문'이 궁금하시다고요?"

새로운 도우미는 남성이었다.

우진은 인간의 형상을 한 휴머노이드일지도 모른다고 생각했지만, 과장된 억지웃음을 보니 로봇이 아닌 게 확실했다.

"특별 주문할 제품은 살펴보셨나요? 혹시, 찾으시는 제품이 여성형? 아니면 남성형?"

도우미는 막무가내였다.

"아, 네, 뭔가 오해가 있었던 모양인데요."

우진은 당혹감을 감추지 못하며 말을 이었다.

"저는 간병을 도와주는 로봇이 필요해요."

"물론이죠. 욕구 불만을 해결하는 것도 크게 보면 간병의 범주에 해당하니까요."

도우미를 설득하는 데 애를 먹으리라고는 미처 생각하지 못한 일이었다.

"먼저 제품을 보여 드리고 설명해 드릴 테니 따라오시지요."

도우미는 우진을 지하로 안내했다.

"보시는 제품은 NCR_MA20(Nursing Care Robot_Man Age.20)이라는 남성형 모델입니다. 의학 지식과 케어를 담당하는 센서를 가지고 있는 간병에 최적화된 AI입니다. 딥 러닝 알고리즘인 심층 신경 네트워크(Deep Neural Network) 기술을 활용해서 환자에 대한 맞춤형 의료 지원이 가능하죠."

도우미가 소개한 제품은 파란 눈과 노란 머리를 한 남성 로봇이었다. 말을 해 주지 않으면 사람으로 착각할 정도로 사람의 모습을 닮아 있었다.

"보시다시피 최신형 로봇입니다. 어떠십니까?"

"가까이에서 보니 진짜 사람 같군요."

우진이 놀라워하자 도우미는 의기양양한 표정을 지었다.

"간병하기에는 사람보다 로봇이 오히려 낫죠. 지시나 규칙처럼 필요한 조건을 입력해 두면 말을 하지 않아도 다 알아서 해주니까요."

도우미는 AI의 장점을 쉬지 않고 떠들어 댔다.

"환자의 상태에 따라 약을 먹여 주기도 하고, 목욕도 도와줄 수 있습니다. 아픈 곳을 마사지할 수도 있고요. 이 제품 좀 보세요. 진동 장치가 내장되어 있어서 안마 의자 역할도 할 수 있습니다."

우진은 문득, 안내 로봇도 도우미처럼 고객의 마음을 얻기 위해 최선을 다할지 궁금해졌다.

"가격이 좀 나가는 게 흠이지만, 투자한 만큼의 가치는 분명히 있습니다. 1석 2조, 아니 1석 3조의 효과를 얻을 수 있죠."

우진은 도우미의 말에 고개를 끄덕였다.

"NCR_MA20 모델의 가장 큰 장점은, 코월의 기술이 집약된 수면 모드입니다. 한 시간 충전으로 48시간 동안 간병을 할 수 있으니까요. 간병하느라 뜬눈으로 밤을 지새울 필요가 없습니다. 아무리 가족이라고 해도 오랫동안 병을 앓아 온 사람을 돌본다는 것은 쉬운 일이 아니죠."

"이 제품을 구매한 사람이 많나요?"

도우미의 화려한 말솜씨에 우진의 마음도 차츰 기울어 갔다.

"지난달에는 요양원에서 단체로 구매했습니다."

"그렇군요. 혹시 성별이나 키, 외모를 바꿀 수 있나요?"

"물론이죠. 피부색이나 목소리도 원하는 대로 바꿔 드릴 수 있습니다. 하지만 특별 주문이다 보니 옵션 추가 비용이 발생합니다만……."

"상관없습니다."

우진의 마음이 기울어진 것을 확인한 도우미는 환하게 웃으며 말했다.

"그럼, 이쪽으로 오시지요. 오늘 주문하시면 일주일 이내에 배달해 드립니다."

우진은 도우미를 따라 매장 안쪽의 사무실로 들어갔다.

사무실은 더도 말고, 딱 두 사람만 들어갈 수 있는 비좁은 장소였다.

"NCR_WA00(Nursing Care Robot_Woman Age.00)이라는 여성형 모델입니다. 에이지 10부터 30까지 있지요."

여성형 간병 로봇을 소개한 도우미가 컴퓨터로 '특별 주문' 프로그램을 실행했다. 그러자 모니터 화면에 로봇의 외형 샘플 이미지가 펼쳐졌다.

"코윌이 자랑하는 최신 몽타주 기법입니다. 일반적인 아바타 생성 기능과 비슷하지만 좀 더 세밀한 표현이 가능하죠. 고객님께서 원하는 이미지를 선택해 주시면 됩니다."

성별과 키를 설정하자 NCR_WA00 모델의 프로토타입 원형이 나타났다.

우진은 도우미의 안내를 받으며 원형의 윤곽을 만들어 나갔다. 머리 스타일은 머리카락의 굵기부터 길이, 색 등 다양한 옵션을 선택할 수 있었다.

"생각보다 정해야 할 것이 많네요."

"고민하신 만큼 고객님의 만족도도 높아질 겁니다."

우진은 딸아이의 부탁대로 머리색을 선택하고 얼굴형, 피부색 등을 결정했다.

"고객님, 천천히 하세요. 한번 결정하면 되돌리기 힘드니까 신중히 생각하셔야 합니다."

우진은 머릿속으로 한 사람만을 생각하며 선택에 신중을 기했다. 눈썹과 코, 입의 모양은 오랫동안 생각해야 했고, 눈의 색

깔과 모양을 고르는 것은 더 힘들었다. 생각하는 이미지가 어렴풋했기 때문이다. 게다가 샘플 종류가 너무 다양해서 결정하는 데 더 애를 먹었다.

우진은 하루에 이렇게 많은 결정을 내린 적은 처음이라는 생각이 들었다.

"제가 도와드릴까요? 어떤 이미지인지 말씀해 주시면 제가……."

"아, 아닙니다."

한참을 씨름한 끝에 우진의 기억대로 외형이 갖춰졌다.

"고객님, 이제 결정하신 겁니까?"

"네, 결정했어요. 이렇게 해 주세요."

우진이 특별 주문한 간병 로봇은 18세 소녀의 모습이었다.

"NCR_WA10 모델이군요. 그럼, 잠시만 기다려 주세요. 고객님이 선택한 간병 로봇의 외형을 3차원 모델링으로 보여 드리겠습니다."

10여 분이 지나자 우진이 선택한 간병 로봇의 3차원 모델을 볼 수 있었다.

"이렇게까지 사실적일 줄은 몰랐어요!"

최종 모델을 보자 우진은 자신의 결정이 탁월하다는 생각이 들었다. 기억하고 있는 모습 그대로였기 때문이다.

"네, 고객님들 대부분이 만족해하시죠."

우진이 마음에 들어 하니 도우미는 더 의기양양해졌다.

“일단은 머리카락과 얼굴만 붙였습니다. 몸 전체에 인공 피부를 덧붙이면 진짜 사람처럼 보이겠지만, 가격대가 너무 올라가서 고객님들이 부담을 느끼시거든요.”

“네, 지금도 충분합니다.”

“그럼, 여기에 사인해 주시고, 배달받을 주소를 적어 주세요.”

“아니, 그럴 것 없습니다. 다 되면 연락해 주세요. 제가 데리러 오겠습니다.”

우진의 표정에는 형언할 수 없는 감정이 뒤섞여 있었지만, 자신은 전혀 눈치채지 못했다.

이웃집 소년

"왜 이렇게 소식이 없지?"

가온이는 한가로운 시골길을 어슬렁거리고 있었다. 할머니 집에 온 지도 벌써 일주일이 지나가는데, 아빠에게서는 아직 소식이 없었다.

"오늘 올 거라고 했는데……."

그사이 아빠가 보고 싶은 것은 아니었다. 가온이가 기다리는 사람은 따로 있었다. 바로, 루시였다. 루시는 아빠가 데려올 간병 로봇의 이름이었다. 며칠을 고민했지만, 루시가 제일 마음에 들었다. 루시라는 이름을 들으면 엄마가 생각났다.

"루시! 이리 와 볼래?"

가온이는 마치 루시가 앞에 있는 것처럼 허공에 대고 이름을 불러 보았다. 이름을 부르는 게, 들을 때처럼 익숙하지는 않았다.

루시는 원래 엄마가 자기를 부르던 영어 이름이었다. 엄마는 종종 '루시! 이리 와 볼래?' 하며 가온이를 불렀고, 그럴 때마다 가온이는 엄마에게 달려가 안겼다.

지금은 그 이름을 불러 주는 사람이 아무도 없었다. 불과 1년 전까지만 해도 루시는 가온이의 다른 이름이었지만, 어느 순간 자취도 없이 사라져 버린 것이다.

가온이는 잃어버린 이름을 되찾고 싶었다. 그래서 간병 로봇의 이름을 루시로 지었다. 엄마가 자기한테 지어 준 이름이니까 간병 로봇에게 빌려 줘도 상관없었다.

"빨리 왔으면 좋겠어. 루시를 만나고 싶어."

루시를 만날 기대로 가온이의 마음은 풍선처럼 부풀어 있었다. 가온이는 발길이 닿는 대로 무작정 걷기 시작했다.

"이 동네는 정말 한적하네. 진작 올 걸 그랬어."

작은 시골 마을은 평화로웠다.

아빠와 한 약속 때문에 내려오기는 했지만, 시골 생활에 적응을 잘할 수 있을지 걱정이 앞섰다. 도시에서 자란 가온이에게 시골은 외국처럼 낯설었기 때문이다. 하지만 괜한 걱정이었다. 시골이라고 해서 생각했던 것만큼 불편하지는 않았고, 무엇보다 자기를 아는 사람이 없다는 사실이 마음에 들었다.

가온이는 좁은 도로를 빠져나와 들판으로 들어갔다. 들판은 500미터 앞, 숲이 시작되는 지점까지 넓게 펼쳐져 있었다.

"그럼, 달려 볼까?"

가온이는 커다란 나무를 결승점 삼아서 있는 힘을 다해 달렸다. 바람결에 흩날리는 머리카락이 이마에 맺힌 땀방울에 달라붙었다. 가슴이 터질 것처럼 요동쳤지만 속도를 늦추지 않았다.

"휴우."

커다란 나무 앞에 멈춰 서서 숨을 고르자 바람결에 날아온 풀냄새가 코끝을 찔렀다. 숨을 깊게 들이마시니 상쾌한 숲의 향기가 머리와 가슴을 가득 채웠다.

"숨이 찰 때까지 달려 보기는 정말 오랜만인 것 같아."

답답했던 가슴이 뻥 뚫리는 것 같았다.

숨 고르기를 마친 가온이는 천천히 숲 둘레를 따라 걸었다. 부러진 나뭇가지를 하나 주워 들고 휘휘 저으며 무릎 높이까지 자란 풀들을 쳐 냈다. 왠지, 마음이 평온해지는 것 같았다. 한적한 시골의 풍경은 가온이의 마음 한구석에 응어리진 분노를 천천히 삭여 주고 있었다.

가온이가 예민해진 것은 1년 전, 엄마의 사고가 있은 뒤부터였다. 워낙 큰 화제가 되었기 때문에 주변 사람 모두 그 사건에 대해서 잘 알았다. 사람들은 엄마가 다시는 돌아오지 못할 거라고 말했다. 누군가는 엄마의 사고가 인공 지능 반대 단체인 '크랙'과 크래커들이 벌인 짓이라고 말했다. 하지만 가온이는 사람들의 말을 믿지 않았다. 크래커들과 함께 인공 지능 로봇 제작

사인 코웰을 취재하던 엄마가 그들에게 위협을 받았다고 얘기했었기 때문이다. 그 사실을 아는 사람은 가온이 외엔 아무도 없었다.

엄마에게 들은 얘기를 어른들에게 전했지만, 상처 입은 소녀가 상상으로 꾸며 낸 말로 치부할 뿐, 누구도 귀담아듣지 않았다. 그 뒤, 우울증과 공황 장애가 가온이를 집어삼켰다. 여러 가지 입에 담지 못할 소문이 가온이를 괴롭혔다. 특히, 엄마가 로봇에게 애착을 갖는 파라노이드였다는 소문이 그랬다. 로봇에 빠져서 가정을 버리고 달아난 여인에게 생긴 불행은 권선징악의 교훈처럼 사람들에게 경각심을 주기에 좋은 이야기였다. 진실 여부는 중요치 않았다. 진실은 다른 사람의 믿음과 선택으로 결정되기도 하니까.

엄마와 관련된 이야기가 나오면 가온이는 극도의 흥분에 사로잡혀 폭력적인 행동을 했다. 아빠에게 이끌려 병원을 찾은 가온이는 외상 후 스트레스 장애라는 진단을 받았다. 시간이 지나며 가온이의 병도 나아지는 것처럼 보였다. 하지만 중학교에 올라간 뒤에도 그 사건은 꼬리표처럼 가온이를 따라다녔다. 얼마 전 학교 폭력 위원회가 열린 것도 그 때문이었다.

"그때, 그 자식을 죽여 버릴 걸 그랬어."

가온이는 혼잣말을 내뱉었다. 보는 사람이 아무도 없으니 속마음을 꺼내도 아무렇지 않았다.

"킄킄킄."

어디선가 키득거리는 소리가 들려왔다.

"누구야!"

가온이는 잔뜩 긴장해서 나뭇가지를 움켜쥐었다. 주위를 두리번거렸지만 아무도 보이지 않았다.

"숨어 있지 말고 빨리 나와!"

가온이는 날카롭게 소리쳤다.

"너, 되게 무서운 애구나?"

남자아이의 목소리가 들렸다.

"비겁한 놈! 숨어서 남의 말이나 엿듣는 주제에……."

가온이의 말에 남자아이가 대답했다.

"일부러 엿들으려고 한 건 아니야. 네가 이쪽으로 달려온 거잖아."

"시끄러워! 빨리 안 나오면 죽여 버린다."

가온이가 소리치자 남자아이가 뚱한 목소리로 대답했다.

"나가면 죽을 텐데, 내가 왜 나가야 해?"

"좋아, 방금 했던 말은 취소할게."

"나가도 나 안 죽일 거지?"

"첫! 네가 하는 짓 봐서……."

"약속해!"

"알았어. 약속할게."

가온이는 혼쭐을 내 줘야겠다고 벼르며 혼잣말을 내뱉었다.

"비겁한 데다 겁쟁이라니……."

숲 안쪽에서 나뭇가지를 밟는 소리가 들렸다. 소리가 나는 쪽을 쳐다보니 한 남자아이가 어색한 웃음을 지으며 다가오고 있었다.

"멈춰!"

가온이가 경계심을 드러내며 소리치자 남자아이가 우두커니 멈춰 섰다.

"너, 스트레이 로봇이냐?"

가온이는 남자아이가 '길 잃은 휴머노이드 로봇(Stray Humanoid Robot)'일지도 모른다는 생각이 들었다. 사람의 발길이 뜸해서 숨어 있기에 적합한 곳이기 때문이다.

"그럴 리가. 누가 로봇을 이렇게 만드냐?"

남자아이가 자신을 가리키며 말했다.

통통한 얼굴에 덩치가 큰 남자아이였는데, 덩치와 다르게 얼굴은 앳되어 보였다.

"그래, 넌 인간 맞는 것 같다."

남자아이가 한 발짝 앞으로 다가왔다.

"멈춰! 가까이 오라고 안 했어!"

가온이의 말에 남자아이가 멈춰 섰다. 말 잘 듣는 로봇 같았다.

"좋아! 넌 언제부터 거기에 있었던 거야?"

"아까부터 계속……."

남자아이가 변명을 늘어놓았다.

"숲속에 작은 호수가 있는데, 산책하기 좋은 곳이야. 난 거기서 오는 길이야."

"왜 내 뒤를 쫓는 거지?"

"좀 전에도 마, 말했잖아. 네, 네가 나 있는 쪽으로 달려온 거라고……."

가온이의 도돌이표 같은 질문에 당황했는지 남자아이가 말을 더듬었다.

가온이는 의심의 눈초리를 거두지 않고 남자아이를 째려보았다. 지금 이 상황을 어떻게 해야 좋을지 몰라서 머뭇거리고 있는데 남자아이가 말했다.

"난 우림이야. 넌 초록 지붕 집 할머니…… 헉!"

우림이는 하려던 말을 끝맺지 못했다. 가온이가 날쌔게 달려들었기 때문이다.

"너 이 자식! 나 미행한 거 맞고만!"

가온이는 과격한 발길질에 무릎 꿇은 우림이에게 주먹을 날리며 소리쳤다.

"손녀가 폭력적이라는 얘기는 안 하셨는데……."

우림이가 울상을 하며 말했다.

"아프냐?"

"가까이 오지 마. 이제 괜찮아."

가온이가 가까이 다가가자 우림이가 움찔거리며 손사래를 쳤다.

"그래도 죽이지는 않았잖아. 널 죽일 수도 있었다고."

가온이는 우림이를 다독이며 말했다.

"그럼 오해는 다 풀린 거지?"

"그래."

오해는 금세 풀렸다. 우림이는 할머니 집 근처에 사는 아이였고, 가온이와 동갑내기였다. 또 할머니에게서 또래 손녀가 있다는 얘기를 들었다고 했다.

"네가 왜 우리 할머니를 만난 건데?"

"이 동네는 내 또래 아이들보다 할머니, 할아버지가 더 많아서 일손이 부족해. 그래서 가끔 잔디 깎는 일을 도와주고 용돈을 받거든. 그런데 넌, 여기에 왜 온 거야?"

우림이의 갑작스러운 질문에 가온이는 난처했다. 학교에서 말썽을 피운 일로 휴학을 하고 내려왔다고 솔직하게 말하면 우림이가 겁에 질릴지도 모른다는 생각이 들었기 때문이다.

"할머니 간병하러 왔어. 편찮으시거든."

"그럼 할머니 집에 언제까지 있을 거야?"

"한동안 있을 것 같아."

그렇게 대답했지만 자기가 이곳에 얼마나 있게 될지는 가온이도 몰랐다. 서먹한 분위기가 어색해서 가온이는 화제를 돌렸다.

"너, 우리 할머니랑 친하니?"

"이웃이잖아."

우림이가 엄지손가락을 치켜세우며 말을 이었다.

“예전에 너희 할머니가 쿠키를 만들어 주셨는데 정말 최고였어.”

“맞아, 우리 할머니 쿠키는 정말 맛있어.”

가온이도 맞장구쳤다.

“저기, 숲속에 있는 작은 호수에 한번 가 볼래?”

머뭇거리며 묻는 우림이의 얼굴은 붉게 물들어 있었다. 우림이는 순박한 아이였다. 가식 없는 표정과 말투는 확실히 도시 아이들의 표정과는 달랐다.

“안 돼! 난 이제 들어가 봐야 해.”

말을 하고 보니 너무 쌀쌀맞게 구는 게 아닌가 하는 생각이 들었다.

“나중에 가 볼게. 다음에 우리 할머니 집에 놀러 올래?”

가온이는 갑자기 서먹한 기분이 들어서 말을 덧붙였다.

“할머니한테 쿠키 만들어 달라고 얘기할게.”

우림이는 가온이의 제안을 흔쾌히 받아들였다.

“당연하지.”

그러고는 손을 내밀며 가온이에게 악수를 청했다.

“그런데 네 이름은 뭐야? 아직 이름을 알려 주지 않았어.”

하지만 가온이는 우림이의 손을 잡지도, 이름을 말해 주지도 않았다. 가온이가 눈인사를 하고 등을 돌리자 우림이가 가온이 뒤에 대고 말했다.

“그럼, 다음에 보자. 네 이름, 내가 맞혀 볼게!”

가온이는 여전히 친구 관계가 어색했다. 우림이가 이름을 물었을 때, '알 것 없어. 몰라도 돼.'라는 말이 입언저리에서 맴돌았다. 하지만 가온이는 꾹 참고 말하지 않았다.

모두 자기를 싫어했다. 알게 되면 하나같이 실망했다. 그래서 이름을 알려 주고 싶지 않았다. 게다가 언제까지 이곳에 있을지 모르니, 아무한테도 정을 붙이고 싶지 않았다. 조용히 쉬러 온 것이지 새로운 친구를 만나러 온 것은 아니니까. 하지만 가온이는 우림이가 조금은 마음에 들었다.

살아야 할 이유

"가온아, 어디 갔다 온 거니?"

쓴소리해야겠다고 마음먹었지만, 혜주는 손녀딸의 얼굴을 보자 마음이 누그러졌다.

"할머니가 얼마나 걱정했는지 아니?"

혜주는 입에서 맴도는 말을 힘겹게 집어삼켰다. 차마 '네가 엄마처럼 사라졌을까 봐…….'라는 말을 뱉어 낼 수 없었다.

"그냥, 동네 한 바퀴 돌고 왔어요."

한참이나 보이지 않아서 노심초사했는데, 불쑥 나타난 손녀딸은 해맑게 웃고 있었다.

혜주는 해맑게 웃어 보이는 손녀딸을 보자 속이 상했다. 겉으로는 웃고 있지만 속은 온통 멍투성이일 테니까.

'어린것이, 속이 말이 아닐 텐데…….'

혜주는 손녀딸이 가엾고 안쓰러워서 마음이 쓰라렸다.

“가온아, 배고프니? 할머니가 쿠키 만들어 줄까?”

혜주는 마음 의지할 곳 없는 손녀딸이 너무나 가여워서 자신이 할 수 있는 일이라면 뭐든지 다 해 주고 싶었다.

“쿠키요?”

손녀딸이 고개를 갸웃거리더니 허공을 응시했다. 고민하는 표정이 꽤나 진지했다.

혜주의 눈시울이 붉어졌다. 손녀딸의 표정이 딸아이의 어릴 적 모습과 쏙 빼닮았기 때문이다. 생각에 잠길 때면, 딸아이도 지금의 손녀딸처럼 늘 저런 표정을 지었었다.

“아니, 괜찮아요. 다음에 만들어 주세요.”

배시시 웃으며 말하던 손녀딸의 표정이 굳어졌다. 손녀딸이 혜주를 빤히 바라보더니 이내 근심 어린 표정을 지었다.

“할머니, 표정이 안 좋아요. 좀 쉬셔야 하는 거 아니에요?”

“그래, 아무래도 그래야겠다. 쿠키는 다음에 만들어 줘야 할 것 같구나.”

혜주는 당황해서 얼른 둘러댔다. 손녀딸에게 슬퍼하는 모습을 보이고 싶지 않았다.

“할머니, 방으로 가세요. 제가 모셔다 드릴게요.”

“그래 줄래?”

혜주는 손녀딸의 부축을 받으며 방으로 들어갔다. 손녀딸이 곁에서 도와주니 거동이 한결 수월했다. 진작 손녀딸을 데리고 있어야 했다는 후회가 밀려들었다.

낮에는 홈 케어 도우미가 와서 집안일과 간병을 도맡았지만, 혜주는 탐탁지 않았다. 낯선 사람의 손길이 불편했고, 자신을 통제하려고 온 것처럼 이것저것 잔소리를 늘어놓았기 때문이다.

“약은 드셨어요?”

혜주가 침대에 눕자 손녀딸이 물었다.

“그럼, 먹었지. 가온아, 너 정말 배고프지 않니?”

“하나도 안 고파요. 그리고 저 혼자서도 해결할 수 있으니까 걱정 안 하셔도 돼요.”

손녀딸이 씩씩하게 말했다.

“할머니, 오랜만에 숨이 턱에 찰 때까지 달렸더니 좀 피곤해요. 저도 방에 가서 좀 쉴게요.”

“그럴래?”

손녀딸이 방을 나갔다. 그러자 참았던 눈물이 기어코 흘러내렸다.

며칠 전, 혜주는 손녀딸의 전화를 받았다. 손녀딸은 당분간 할머니와 함께 지내도 괜찮겠냐고 물었다. 혜주는 언제든 좋으니 오라고 말했다. 아무것도 묻지 않았다. 무슨 일이 있었는지, 왜 학교에 가지 않는지……. 궁금한 게 많았지만 아무래도 상관없었다.

혜주는 손녀딸이 오기만을 손꼽아 기다렸다. 기다리는 시간이 끔찍할 정도로 길게 느껴졌다.

손녀딸은 사흘이 지난 뒤 왔다. 손녀딸의 손에는 커다란 여행 가방이 들려 있었다.

"우리 가온이, 여기서 할머니랑 즐겁게 지내자. 알았지?"

오랜만에 보는 손녀딸은 날카롭고 위태로워 보였다. 살짝 건들기라도 하면 금방이라도 폭발할 것만 같았다.

"가온이는 걱정하지 말게. 여기서 쉬고 나면 금세 나아질 거야."

오랜만에 본 사위의 얼굴도 안쓰럽기는 마찬가지였다. 많이 야위어 있었고 흰머리가 듬성듬성 자라 있었다.

혜주는 사위에게도 무슨 일이 있었는지 묻지 않았다. 아무것도 모르는 척, 마치 아무 일도 없는 것처럼 굴며 서로의 상처를 외면했다. 가족에게는 침묵만이 서로의 상처를 덮어 둘 수 있는 유일한 치료제였다.

손녀딸이 온 뒤로, 혜주의 마음은 싱숭생숭해졌다. 혜주는 자신에게 주어진 시간이 얼마 남지 않았다는 것을 알고 있었다.

혜주가 어떤 병에 걸렸는지 누구도 정확히 알지 못했다. 의학기술이 발전했지만 여전히 고치지 못하는 병도 있고, 원인 모를 새로운 병도 계속해서 생겨나고 있었다.

혜주는 겸허한 마음으로 하루하루를 보내며 그날이 오기만을 기다렸다. 그러나 기다림은 길어졌다. 한 해가 지나고 또 한 해가 지났다. 그렇게 5년이라는 세월이 흘렀다. 의료진의 말에 따르면 혜주가 살아 있는 게 기적이라고 했다.

"세상에! 가슴이 찢어지는 고통이 기적이 베푼 은혜라고?"

혜주는 분노했다.

"딸을 먼저 보내는 슬픔을 안겨 주려고 이제껏 나를 살려 둔 거라고? 이 망할 놈의 기적 같으니라고!"

어떤 미련이 남아서 지금껏 혜주를 떠나지 못하게 막는지 알 수 없었다. 그런데 이제야 그 이유를 알 것 같았다. 자신이 아직 떠나지 못하고 이곳에 남아 있는 이유는 다름 아닌 손녀딸이었다.

"저 아이를 지켜야 해. 내 딸의 소중한 아이를……."

손녀딸을 두고 갈 수 없었다. 불행에 빠진 손녀딸을 가만히 내버려 둘 수 없었다. 다시 만날 딸아이에게 면목 없는 일이 될 것이기 때문이다.

딸아이를 위해서라도 손녀딸이 다시 예전처럼 밝아져야 한다. 그렇게만 된다면 혜주는 어떤 일이라도 할 수 있었다. 악마에게 영혼을 팔아야 한다면, 그럴 각오도 되어 있었다. 책임감이 생겨났고 건강해져야겠다는 마음이 절실해졌다. 기력이 쇠약해 몸도 가누기 힘든 형편이지만, 할 수 있는 한 손녀딸을 지켜 줘야 한다는 생각이 들었다.

혜주는 자신의 운명에게 애원했다.

"오! 제발, 조금만 더 시간을 주세요. 제가 견딜 수 있도록 용기를 주세요."

기도는 믿지 않던 신을 찾을 정도로 간절했다.

이른 초저녁이지만 주변이 어둑했다. 형형색색의 조명으로 주변이 밝기 때문에 도시에서는 초저녁에도 어둡다는 생각이 들지 않았다. 하지만 시골 마을이라서 그런지 어둠이 빠르게 찾아오는 것 같았다.

옆 좌석에는 간병 로봇 NCR_WA18 모델이 다소곳이 앉아 있었다. 우진은 간병 로봇을 힐끔힐끔 쳐다보았다. 보면 볼수록 신기했고 기분이 묘했다.

"정말 대단하군. 코월의 기술력은 인정할 수밖에 없겠어."

'특별 주문'의 결과는 기대 이상이었다. 간병 로봇 NCR_WA18을 제작한 코월은 인공 지능 로봇을 개발하는 다국적 기업이었다. 코월이 만든 AI 로봇은 의료, 안전, 학습 등 전 영역에 걸쳐 활용되었고, 실생활에 도움을 주는 다양한 로봇 제품을 선보이며 사람들에게 좋은 평판을 받고 있었다. 전 세계에서 모인 유능한 과학자, 프로그래머와 연구원들이 머리를 맞대고 개발하고 있으니 이런 뛰어난 제품을 만드는 게 가능할 것이다. 우진의 입에서는 감탄에 이어 탄식이 터져 나왔다.

"그나저나, 이게 잘하는 짓일까? 장모님이 노발대발하실 게 뻔한데……."

일을 벌이기는 했지만, 과연 잘한 일인지 자꾸만 의구심이 들었다. 장모님이 탐탁지 않아 할 게 불 보듯 뻔했기 때문이다. 그렇다고 딸아이의 부탁을 거절할 수도 없는 노릇이었다. 마음의 병을 앓고 있는 딸아이를 위한 언니도 필요했으니까.

부모이다 보니, 아무래도 장모님보다는 어린 딸아이에게 마음이 더 쓰이는 것은 어쩔 수 없는 일이었다.

"부딪쳐 보면 알겠지. 가온이의 부탁인 걸 알면 장모님도 별 수 없으시겠지."

우진은 기우는 접어 두고 한번 부딪쳐 보자고 마음먹었다.

차를 장모님 댁에서 멀찌감치 떨어진 공터에 세웠다. 기다리고 있을 딸아이를 놀래 주고 싶어서인지, 피할 수 없는 장모님과의 충돌을 조금이라도 늦추고 싶은 것인지, 아니면 그저 간병 로봇과 함께 걷고 싶은 것인지 자신도 알 수 없었다. 어쩌면 모두 다일지도 모르고…….

"조금만 걸을까? 집은 바로 요 앞이야."

[네, 주인님.]

간병 로봇이 대답했다.

우진은 간병 로봇과 걸었다. 간병 로봇의 발걸음이 느려서 자꾸만 뒤처졌고, 우진은 나란히 걷기 위해 속도를 줄였다.

우진의 입가에 쓴웃음이 지어졌다. 오래전, 아내와 함께 이 길을 걷던 기억이 떠올랐기 때문이다. 그때도 우진은 발걸음이 느린 아내와 나란히 발을 맞추려고 부단히도 애를 썼다.

"나는 네 주인이 아니야. 넌 앞으로 할머니를 돌봐야 해."

[네, 알고 있습니다.]

간병 로봇의 딱딱한 말투는 어색했고 기계적으로 들렸다. 목소리가 자연스럽지 않아서인지 인간이 아니라는 사실을 새삼스레 실감했다. 목소리마저 자연스럽다면 인간으로 착각하고도 남을 것이다.

"그리고 아이가 한 명 있어. 이름은 가온인데, 녀석이 널 무척 반가워할 거야."

[반가움은 그리워하던 사람을 만나거나 좋은 소식을 들을 때 생기는 흐뭇하고 즐거운 마음입니다. 우리는 만난 적이 없는데, 가온 양은 왜 저를 반가워하나요?]

간병 로봇이 물었다.

"네가 누굴 많이 닮아서⋯⋯ 아니, 가온이도 많이 아파."

우진은 말을 얼버무렸다.

[간병 정보가 입력되지 않았습니다. 가온 양은 어디가 아픈가요?]

우진은 '마음'이라고 하려다 말을 바꿨다. 간병 로봇이 이해하지 못할 거라는 생각이 들었기 때문이다.

"음, 외상이 아니라서 겉으로 드러나 보이지는 않을 거야. 그러니 내가 없어도 네가 잘 돌봐 줘야 해."

우진은 간병 로봇에게 신신당부했다.

[알겠습니다, 주인님.]

말귀를 알아들었는지는 모르겠지만, 대답은 꼬박꼬박 잘하니 마음이 놓였다.

"그리고 주인님이라는 말은 안 했으면 좋겠어."

[그럼, 뭐라고 부를까요?]

'우진 씨'라고 부르라고 말하고 싶었지만, 왠지 그러면 안 될 것 같았다. 로봇과 감정을 나누고 싶지는 않으니까.

낯선 사람이 집 앞에서 서성이는 게 보였다.

"무슨 일이시죠?"

우진이 날이 선 목소리로 묻자, 간병 로봇의 눈에서 조명이 켜졌다.

"아, 저기, 저는……."

덩치가 크긴 했지만, 조명에 비친 얼굴은 앳되어 보였다.

"아, 안녕하세요? 저는 여기 근처에 사는 우림이라고 해요."

남자아이가 화들짝 놀라며 자기를 소개했다.

"이 집에 무슨 볼일이라도 있니?"

"아, 아니요. 저, 이 집 할머니 손녀랑 친구예요."

자세히 보니 딸아이 또래처럼 보였다.

"그래? 친구라면서 왜 손녀라고 말하지?"

우진은 예리한 질문으로 우림이를 몰아세웠다.

"저기, 그, 그게…… 손녀가 이름을 알려 주지 않았어요."

우진은 당황해서 어쩔 줄 몰라 하는 우림이를 보자 웃음이 나왔다.

우림이는 순진한 아이처럼 보였다. 도시에 사는 또래 아이들처럼 되바라져 보이지 않아서 마음이 놓였다.

"네가 말한 손녀가 내 딸 가온이를 말하는 것 같구나."

우진은 우림이에게 가온이의 이름을 말해 주었다. 가온이가 이곳에 있는 동안 친구로 지내도 좋을 것 같았기 때문이다.

"오, 예! 이름이 가온이었구나!"

우림이가 어려운 수수께끼를 푼 것처럼 기쁨에 찬 표정을 지으며 두 주먹을 불끈 쥐고 흔들었다.

"아저씨, 그런데 간병 로봇이 가온이랑 많이 닮은 것 같아요."

우진의 뒤에 서 있는 간병 로봇을 보며 우림이가 머리를 긁적였다.

"그렇게 보이니?"

우진은 뒤를 돌아보았다. 달빛에 비친 간병 로봇은 가온이보다 아내를 더 닮아 있었다.

"늦었으니 너도 집에 가는 게 좋겠구나."

우진은 어색한 웃음을 지으며 말했다.

"아저씨, 한 가지 부탁드릴 게 있는데요. 가온이한테 저한테 이름 알려 줬다는 얘기는 안 하셨으면 좋겠어요. 들어주실 수 있으세요?"

부탁을 들어주겠다고 하자 우림이는 배시시 웃으며 꾸벅 고개를 숙였다. 우진은 우림이가 속마음을 쉽게 드러내는 밝은 아이여서 마음에 들었다.

NCR_WA18 루시

“아빠, 정말 고마워요. 진짜 언니가 생겼어!”

가온이는 우두커니 서서 루시를 뚫어지게 바라보았다. 생각했던 모습 그대로였다. 눈물이 핑 돌았다.

“만나서 반가워, 루시.”

가온이는 루시를 꼭 안아 주었다. 그러자 엄마 품에 안긴 것 같은 기분이 들었다. 루시의 몸이 차갑고 딱딱했지만 아무래도 상관없었다.

[안녕하세요, 가온 양.]

루시도 가온이를 어색한 자세로 안아 주었다. 루시는 포옹을 어떻게 하는지 알지 못하는 것 같았다.

“이제 정식으로 인사를 해야지. 내 이름은 가온이야. 정가온. 열네 살이야.”

루시에게 말을 걸면서 가온이는 한껏 들떠 있었다.

"아빠하고 인사했니?"

가온이의 질문에 루시가 대답했다.

[가온 양 아빠는 우진 씨…….]

"아! 그게 말이지, 뭐라고 부르냐고 묻는데, 막상 이름 말고는……."

멋쩍어하는 아빠를 보고 가온이는 웃음을 터트렸다. 우진은 웃음거리가 된 것 같아서 쑥스러웠지만, 기뻐하는 딸아이를 보니 기분이 좋았다. 딸아이의 밝은 모습을 보는 게 정말 오랜만이었기 때문이다.

"아참, 소개해 줄 사람이 있어."

기뻐할 할머니를 떠올리며 가온이가 말했다.

"가온아, 아빠가 왔니?"

마침 부엌에서 할머니의 목소리가 들리자 가온이는 큰 목소리로 말했다.

"할머니, 빨리 나와 보세요. 아빠가 누굴 데려왔는지 좀 보세요."

손녀딸의 재촉에 못 이겨 서둘러 거실로 나온 혜주는 소스라치게 놀랐다. 사무치게 그리워했던 딸아이가 눈앞에 서 있었기 때문이다.

"아니, 넌……."

한순간도 잊은 적 없는 딸아이였다. 눈시울이 뜨겁게 달아올랐고, 형언할 수 없는 감정이 복받쳐 올라왔다. 가슴속에는 반가움과 원망, 기쁨과 슬픔처럼 상반된 감정들이 소용돌이쳤다. 사라졌던 딸아이가 마치 아무 일도 없었던 것처럼 불쑥 나타나 앞에 서 있었다. 딸아이와의 재회를 수도 없이 상상했지만, 막상 상상했던 일이 눈앞에서 벌어지자 혜주는 어찌할 바를 몰랐다.

'기적이 일어나기라도 한 걸까?'

잘못 본 게 아닌가 싶어서 자기 눈을 의심했지만 틀림없는 딸아이였다. 아무리 병세가 완연한 노인이라고 해도 하나밖에 없는 딸아이를 못 알아볼 리가 없었다.

'설마, 꿈을 꾸고 있는 건 아니겠지?'

눈앞에 벌어진 기적이 믿기지 않아서 자신이 꿈을 꾸고 있는지도 모른다는 생각이 들었고 이제 눈을 감더라도 여한이 없을 것만 같았다. 혜주는 딸아이를 부둥켜안고 가슴속에 맺힌 통한의 감정을 터트리고 싶었다. 하지만 어찌 된 일인지 몸과 마음이 생각처럼 움직여지지 않았다.

'낯설고 서먹하게 느껴지는 건 기분 탓일까?'

혜주의 발길을 막아서는 것은 직감이었다. 루시가 입을 열었을 때, 혜주는 절망의 나락으로 떨어지는 기분을 맛봐야 했다.

[안녕하세요. 저는 당신의 간병 도우미입니다.]

딱딱한 말투와 어색한 기계 음성은 혜주를 소름 돋게 했고, 말로 표현하기조차 힘든 감정들은 추스를 사이도 없이 순식간에 사그라져 버렸다. 대신, 분노가 혜주를 집어삼켰다. 자신의 꿈이 산산조각 나는 것을 고통스럽게 지켜봐야 했기 때문이다.

"아니, 도대체 이게 무슨 짓인가?"

혜주는 정색하며 소리쳤다.

"나를 놀리기라도 하려는 건가?"

사위가 자신을 우롱한다는 생각이 들어서 혜주는 화가 머리 끝까지 치솟았다.

"앞으로 장모님을 간호해 줄 로봇이에요. 놀라셨다면 죄송해요."

우진이 말을 마치자 루시가 혜주에게 다가가며 다시 한번 인사했다.

[안녕하세요. 저는 당신의 간병 도우미입니다.]

"저리 가! 가까이 오지 마!"

혜주는 손사래를 치며 루시를 밀쳐 냈다. 딸아이를 닮은 루시의 외모에 거부감이 들었고, 이런 짓을 벌인 사위의 행동이 불쾌했다.

"감히, 내 딸을 흉내 내다니!"

혜주는 쥐고 있던 지팡이를 루시에게 집어 던졌다.

"장모님!"

"할머니!"

가온이는 할머니가 넘어지기라도 할까 봐 재빨리 다가가서 부축했다.

우진은 장모님의 반응이 당혹스러웠다. 거부감이 있을 거라고 생각했지만 이렇게 심할 줄은 몰랐다.

[감정 조절 장애의 일종인 분노 발작이 감지되었습니다. 분노를 부적절한 방법으로 표출하면 심장 박동과 혈압이 상승합니다.]

루시가 기계적으로 말했지만, 누구도 관심을 두지 않았다.

"자네는 대체 무슨 생각으로 이런 짓을 벌인 건가? 이렇게 하면 내가 좋아할 줄 알았나?"

혜주는 신경질적인 목소리로 쏘아붙였다.

딸아이가 언니를 만들어 달라고 졸랐을 때, 우진은 딸아이에게 무슨 꿍꿍이가 있는지 짐작조차 하지 못했다. 간병 로봇이 필요하다는 딸아이의 주장은 꽤 일리가 있었다. 혼자서 할머니를 간병하기 힘든 게 당연하니까. 단순하게 생각했는데, 그것은 선부른 생각이었다. 딸아이는 간병 로봇이 엄마와 닮았으면 좋겠다고 말했고, 자신과 할머니가 심리적 안정을 취하려면 꼭 그래야 한다고 우겼다. 처음에는 반대했지만, 딸아이는 부탁을 들어주지 않으면 할머니 집으로 가지 않겠다고 배짱을 부렸다. 그건 협박 아닌 협박이었다. 우진은 엄마를 잃은 마음의 상처가 아직 치유되지 않은 딸아이의 부탁을 거절할 수 없었다.

"할머니, 사실은……."

가온이는 하려던 말을 끝내지 못하고 얼버무렸다. 불똥이 자기한테 날아들었기 때문이다.

"가온이 너도 마찬가지야. 네 아빠가 이런 짓 못 하게 말렸어야지!"

[분노는 인체에 큰 영향을 미칩니다.]

루시가 또 눈치 없이 불쑥 끼어들었다.

가온이는 간병 로봇이 엄마의 소녀 시절 모습이면 좋겠다고 생각했다. 가족 모두 엄마를 잊지 않고 추억할 수 있을 것 같았기 때문이다. 하지만 가온이의 아이디어가 혜주에게는 오히려 역효과만 불러일으켰다.

"미리 말씀드리지 못해 죄송합니다."

우진이 고개를 조아렸다.

"누가 자네에게 이런 것을 부탁했나? 왜 시키지도 않은 일을 해서 사람을 힘들게 만들어!"

혜주는 사위가 못마땅했다. 조금이라도 자신을 생각했더라면 이런 어리석은 짓은 하지 않았을 테니까.

"장모님, 저건 그냥 간병 로봇일 뿐이에요."

[모델명 NCR_WA18. 간병에 최적화된 AI로 환자에 대한 맞춤형 의료 지원이 가능. 코월의 기술이 집약된 수면 모드는 한 시간 충전으로 48시간…….]

루시가 허공에 대고 자기소개를 읊조렸다.

답답한 마음이 드는 것은 우진도 마찬가지였다.

"오히려 사람보다 편하실 거예요. 사람처럼 감정 때문에 상처받는 일은 없으니까요."

"필요 없네! 저런 얼굴을 하면 내가 따뜻하게 맞아 줄 줄 알았나? 저런 괴물은 꼴도 보기 싫으니 당장 가져가게."

"몸을 생각하셔야죠. 왜 그렇게 고집을 피우세요!"

우진은 장모님을 설득하려고 단호하게 말했다.

"거동하기도 불편하신데 가온이까지 돌보셔야 하잖아요. 지금으로서는 이게 제일 나은 방법입니다."

우진이 보기에 간병 로봇은 모두가 만족할 수 있는 최선의 선택이었다.

"내가 고집을 피운다고? 자네는 그날 이후로도 바뀐 게 하나도 없구먼!"

혜주의 말이 비수가 되어 우진의 가슴을 찔렀다.

"그게 무슨 말씀이세요?"

"가온이가 이 모양이 된 게 누구 때문이라고 생각하나?"

"이 모양이라니요! 말씀이 너무 지나치신 것 같네요."

우진은 끓어오르는 화를 억누르며 말했다.

"쯧쯧, 저렇게 사람 마음을 헤아릴 줄 모르니 애 엄마가 취재한다면서 맨날 밖으로만 나돌았지. 자네의 독선 때문에 수지가 얼마나 힘들어했는지 알기나 하나?"

혜주는 마음속에 담아 두었던 원망을 사위에게 퍼부었다.

가온이의 엄마이자 우진의 아내, 그리고 혜주의 딸이기도 한 수지는 전 세계가 안고 있는 다양한 문제들을 심층 취재한 르포르타주를 몇 편 발표한 이름난 기자였다. 그렇다 보니 가족과 헤어져 보내는 시간이 많았다.

"그게 왜 제 탓입니까? 장모님이야말로 하나도 변한 게 없으시네요."

혜주가 쓴소리하자 우진 역시 장모가 고집불통이라며 맞섰다.

"내가 더 찾아봐야 한다고, 직접 내 눈으로 보기 전까지는 믿을 수 없다고 말했는데, 끝까지 말린 사람은 자네였어!"

"제가 가 보았잖아요. 장모님이 가기에는 너무 먼 곳이었다고요! 인터폴에서 CCTV를 확인했지만 수지를 찾지 못했다고 말씀드렸잖습니까!"

혜주와 우진의 말다툼은 급기야 가온이 엄마의 실종을 서로의 탓으로 떠넘기는 상황에 이르렀다.

수지는 AI의 발달로 인해 소외된 사람들에 관한 리포트를 쓰던 중 실종되었고, 그 일로 인해 단란했던 가족은 혼돈에 빠졌다. 혜주의 병세가 악화한 것과 가온이의 공황 장애, 우울증은 모두 수지의 부재로부터 비롯된 일이었다.

"자네는 늘 그딴 식이었어. 자기 생각만 옳다고 주장했지."

누군가의 아내이자 엄마, 그리고 딸을 잃은 상처는 치유되지 못하고 서로에게 또 다른 상처를 만들고 있었다.

"수지가 한동안 발길을 끊었던 사실을 벌써 잊으신 겁니까? 장모님의 변덕을 받아 줄 사람은 이제 아무도 없어요. 주변 사람들이 모두 다 떠나 버리지 않습니까!"

"자네, 정말……."

정곡을 찌르는 우진의 말에 혜주의 얼굴이 새빨갛게 달아올랐다. 혜주도 딸아이가 자신의 괴팍하고 변덕스러운 성격 때문에 힘들어했다는 것을 잘 알았다. 하지만 그것은 어느 날 갑자기 자신에게 찾아온 병 때문이었다. 피폐해진 몸과 마음에 제정신이 아니었고, 본의 아니게 주변 사람들을 괴롭혔다. 딸아이와의 예기치 못한 이별 뒤에 자신을 자책하며 수많은 밤을 뜬눈으로 지새웠는데, 사위가 자신의 죄책감을 들춰내자 억장이 무너져 내리는 것 같았다.

"내 집에서 당장 나가게!"

"네, 안 그래도 가려고 했습니다. 가온이도 여기에 있으면 안 될 것 같네요."

우진도 물러서지 않았다.

"가온아, 뭐 해. 빨리 짐 챙겨!"

혜주와 우진의 말다툼은 만날 때마다 늘 되풀이되는 일이었다. 장모와 사위는 서로에게 상처 주려고 작정하기라도 한 것처럼 비난을 쏟아 냈다. 하지만 가장 큰 상처를 받는 사람은 다름 아닌 가온이였다.

"이제 그만하세요!"

가온이가 큰 소리로 외쳤다. 가온이의 눈에는 커다란 눈물방울이 그렁그렁 맺혀 있었다.

"모두 다 제 잘못이에요. 할머니, 제가 잘못했어요."

자책하는 손녀딸을 보자 혜주의 눈빛이 흔들렸다.

"가온아……."

혜주는 두 사람 사이에서 어쩔 줄 몰라 하는 손녀딸이 측은하고 애처로웠다.

“제가 아빠를 졸랐어요. 엄마가 보고 싶어서, 엄마가 너무 보고 싶어서…….”

가온이는 말을 끝맺지 못하고 울음을 터뜨렸다.

서럽게 울고 있는 손녀딸을 보니 혜주의 마음은 찢어질 것처럼 아팠다.

“네가 부탁했다고? 엄마가 보고 싶어서?”

“할머니, 잘못했어요. 다시는 안 그럴게요. 용서해 주세요. 네?”

손녀딸은 모든 것을 자기 탓으로 돌리며 울고불고 애원했다.

“할머니, 죄송해요. 할머니가 이렇게 속상해하실 줄 몰랐어요.”

사위는 아무 말 없이 등을 돌렸다.

고개 숙인 사위의 어깨가 심하게 들썩이는 게 보였다. 그 모습에 혜주의 마음이 약해졌다. 사위를 용서하고 싶지 않았지만, 손녀딸을 위해 참아야 했다.

“가온아, 네 잘못이 아니야. 할머니가 미안하구나. 우리 가온이 마음도 모르고…….”

꺾일 것 같지 않던 혜주의 완강함은 손녀딸의 눈물에 스르르 녹아내렸다.

사위의 말이 틀린 것만은 아니었다. 손녀딸이 혼자서 자신을 간병하는 일은 쉽지 않을 테니까. 자신의 변덕이 손녀딸을 괴롭힐 것이고, 손녀딸은 마음에 상처를 입게 될 것이다. 싸움이 잦아지고 결국, 제 엄마가 그랬던 것처럼 자신과 멀어지게 될지도 모른다.

혜주는 마음을 누그러뜨리고 루시를 받아들이기로 했다. 오직, 손녀딸을 위해서였다.

"할머니가 노력해 볼게. 아무 데도 가지 말고 할머니랑 함께 지내자. 알았지?"

용기를 내자 격했던 감정이 흔적도 없이 사라지고 평온이 찾아왔다.

[스트레스 반응이 자주 나타나면 심장에 연결된 관상동맥의 직경이 줄어들고 혈액의 점성이 증가하면서 심장마비로 이어질 수 있습니다.]

혜주는 기계적인 음성으로 정보를 쏟아 내고 있는 루시를 보며 말을 맺었다.

"하지만 난 정말로 재가 마음에 들지 않아……."

엄마의 선물

밤이 깊었지만, 혜주와 가온이는 거실을 떠나지 못했다.

"할머니, 얘 이름은 루시예요. 제가 지었어요."

"네가 지었으니 그렇게 불러야지. 하긴, 이름이 없다면 뭐라고 불러야 할지 애매하겠구나." 가온이의 말에 혜주가 대답했다.

격랑의 소용돌이가 휩쓸고 지나간 집 안은 그 어느 때보다 평온했다.

"아참! 할머니, 이걸 손목에 차고 있어야 해요."

가온이가 할머니의 손목에 웨어러블 밴드를 채워 주었다.

"이게 뭐니?"

"루시와 연결된 시계예요. 호출기라고 생각하시면 돼요."

가온이는 웨어러블 밴드가 어떤 용도로 쓰이는지 설명했다.

"루시는 할머니의 건강 상태를 파악할 수 있고, 할머니는 루시를 호출할 수 있어요."

"나한테 족쇄를 채우려는 거구나."

혜주는 눈살을 찌푸리며 자조 섞인 한숨을 내쉬었다.

"그렇게 생각하지 마세요. 할머니를 곁에서 지켜 드리려는 거예요. 그러니까 절대로 떼어 놓으시면 안 돼요. 항상 지니고 계셔야 해요."

"그래, 꼭 그렇게 하마."

가온이의 신신당부에 혜주는 마지못해 그러겠다고 약속했다.

"우리 아빠는 장난감 디자이너야."

가온이는 새 식구가 된 루시에게 가족에 대한 정보들을 하나씩 알려 주었다.

[가온 양 아빠 우진 씨의 직업은 장난감 디자이너입니다.]

"맞다! 내가 어렸을 때 가지고 놀던 장난감이 여기에 있을 텐데……. 아빠가 디자인한 장난감 보여 줄게."

가온이는 거실 구석에 있는 낡은 장난감 상자에서 아빠가 디자인한 장난감 하나를 꺼내 루시에게 보여 주었다.

"우리 아빠는 아이를 별로 좋아하지 않는 것 같아. 동생이 있으면 좋겠다고 그렇게 졸랐는데도 안 들어주셨거든. 그런데 이제, 언니가 생긴 것 같아."

혜주는 루시와 얘기를 나누는 가온이를 멀거니 바라보며 물었다.

"가온이 넌 루시가 무척 마음에 드는 모양이구나."

어쩔 수 없이 허락하기는 했지만 혜주는 루시가 영 탐탁지 않았다. 사람과 비슷하지만, 흉내일 뿐 진짜는 아니었다. 심장이 있는 것도 아니고, 체온도 느껴지지 않고, 사람처럼 감정이 있는 것도 아니니까.

"네, 언니가 생긴 것 같아서 좋아요."

"밤이 늦었으니 이제 자야겠구나."

"할머니. 저, 루시랑 같이 자도 되죠?"

혜주는 가온이가 루시에게 너무 애착을 갖는 게 아닌가 싶어서 불안했다.

"루시는 잠을 자지 않아."

혜주는 단호하게 말했다. 로봇과 애착 관계가 되는 건 상상만 해도 끔찍했다. 가온이가 루시를 엄마와 혼동하는 건 결코 일어나서는 안 될 일이었다.

"그건 저도 알아요."

가온이가 풀이 죽은 목소리로 대답했다.

"그런데 할머니……."

"왜 그러니?"

혜주가 물었지만 가온이는 망설였다.

가온이는 진작부터 할머니에게 하고 싶은 말이 있었다. 그동안 어떻게 말해야 좋을지 몰라서, 혹시라도 할머니가 속상해할까 봐 하고 싶은 말을 꺼내지 못했다.

"무슨 할 말이라도 있는 거니?"

가온이가 뜸을 들이자 혜주는 다정하게 물었다.

"저는 정말, 이상한 아이인 것 같아요."

"뭐라고?"

가온이의 말에 혜주는 화들짝 놀라서 되물었다. 가온이가 엉뚱한 생각을 하는 게 아닌가 싶어서 늘 노심초사하고 있었는데, 갑자기 자기가 이상한 아이라는 소리를 하니 더럭 겁이 났다.

"가온아, 이리 오렴. 왜 그런 생각을 하니?"

혜주가 가까이 오라고 손짓하자 가온이가 혜주에게 다가와 앉았다. 그리고 할머니 무릎 위에 머리를 살며시 기댔다.

"엄마 얼굴이 생각나지 않아요. 뭔가 잘못된 거죠? 그렇죠?"

혜주는 가슴이 무너져 내리는 기분이 들었다. 손녀딸의 마음을 헤아려 주지도 못하고, 상처를 어루만져 주지도 못했던 자신이 너무나 부끄러웠고 어리석게 느껴졌다. 여태껏 자신만 아프고 괴롭다는 아집에 사로잡혀 다른 사람의 마음을 헤아릴 겨를조차 없었다.

"머리가 이상해진 건지도 몰라요. 아니면, 마음이 고장 났을지도 모르고……."

가온이의 목소리에는 쓸쓸함이 묻어났다.

"그렇지 않아. 이 할머니도 가끔 그러거든."

"엄마를 잊어버리지 않고 싶었어요. 루시가 엄마의 얼굴을 하면, 엄마를 잊지 않고 추억할 수 있을 거라고 생각했어요."

가온이는 아빠에게도 말하지 못하고 깊이 담아 두었던 속마음을 할머니에게 털어놓았다.

"나도 네 엄마가 무척 보고 싶단다. 네 마음을 헤아려 주지 못해 미안하구나."

혜주는 가온이의 머리를 쓰다듬으며 말했다.

"할머니가 더는 엄마 일로 속상해하지 않았으면 좋겠어요. 저도 노력해 볼게요."

"그래, 고맙구나."

혜주는 자신을 위로해 주는 가온이가 대견하고 또 고마웠다.

가온이는 햇볕이 쏟아지는 부엌 식탁 앞에 앉아서 밥을 먹고 있었다. 시계는 벌써 12시를 가리키고 있었다.

"가온아! 어디 있니?"

집 밖에서 가온이를 부르는 소리가 들렸다.

"엄마?"

틀림없이 엄마의 목소리였다.

"엄마!"

거실로 달려가 보니 현관문 앞에 엄마가 서 있었다.

"엄마!"

"우리 가온이, 엄마가 많이 보고 싶었구나?"

"어디 갔다가 이제 온 거야? 빨리 온다고 약속했잖아!"

가온이는 엄마에게 달려가 와락 안기고 싶었다. 그런데 발길이 떨어지지 않았다.

"엄마, 발이 안 움직여!"

당황한 가온이가 소리쳤지만, 엄마는 안으로 들어오지 않고 문밖에 가만히 서 있었다. 가온이는 갑자기 겁이 났다. 엄마가 떠나 버릴지도 모른다는 생각이 들었기 때문이다.

"엄마, 빨리 들어와!"

"엄마가 너무 늦게 와서 미안해. 엄마가 가온이 주려고 선물을 가져왔어."

엄마가 뒷걸음질 치며 문밖으로 사라졌다.

"엄마, 가지 마!"

가온이는 울먹이며 소리쳤다.

열린 문으로 햇볕이 강하게 내리쬐고 있어서 엄마의 모습이 검은 그림자처럼 보였다. 자세히 보려고 했지만, 눈이 부셔서 제대로 볼 수가 없었다.

가온이는 손으로 햇볕을 가리고 문을 향해 발을 뻗었다. 조금 전과 달리 이번에는 발이 움직였다. 가온이는 문 앞으로 뛰어갔고, 엄마를 잡으려고 손을 뻗었다. 순간, 엄마의 그림자는 흔적도 없이 사라졌다.

정신이 퍼뜩 들었다.

[14세에서 17세 사이 청소년기의 평균 수면 시간은 8시간에서 11시간입니다. 충분히 수면을 취하지 않으면 성장에 문제가 생깁니다. 충분한 수면과 규칙적인 생활은 집중력을 향상하고 학습 효과를 높여 줍니다. 14세인 가온 양의 수면 시간은 5시간

으로 최소 3시간을 더 수면해야…….]

가온이는 침대에서 벌떡 일어나 루시에게 와락 안겼다.

"가온아, 아침부터 어디 가는 거니?"

"숲속에 있는 호수에요. 잠깐 산책하고 올게요."

집을 나선 가온이는 숲속 호숫가로 향했다.

산책하기에 좋은 날씨였다.

"아, 오랜만에 푹 잔 것 같아!"

꿀 같은 잠이었고, 평화로운 꿈이었다. 숙면해서인지 개운했고 온몸이 날아갈 것처럼 가벼웠다. 호수로 향하는 오솔길에는 하늘을 향해 높이 자란 침엽수들이 멋진 선을 그리고 있었다. 가온이는 나무 꼭대기의 점들을 하나씩 연결하면서 천천히 걸었다. 다른 어떤 날보다도 평화로운 기분이 가온이의 마음을 가득 채워 주고 있었다.

통, 통, 통.

호숫가에 다다르자 납작한 돌멩이가 호수의 수면 위를 성큼성큼 건너뛰는 게 보였다. 누군가 물수제비를 뜨는 모양이었다. 나무 사이로 언뜻 보이는 사람이 있었는데, 뒷모습이 낯설지 않았다. 이웃에 사는 그 녀석이었다.

가온이는 우림이를 향해 다가갔다.

"으흠."

가온이가 인기척을 내자 우림이가 뒤를 돌아보았다.

"안녕?"

"어, 안녕."

"너, 혹시 내가 여기 올 줄 알았던 거니?"

가온이가 시치미를 떼며 묻자 우림이도 의뭉스럽게 대답했다.

"내가 먼저 온 것 같은데, 네가 나를 따라온 거 아니야?"

가온이가 피식 웃어 보이자 우림이도 따라 웃었다.

"야, 너 지금 웃은 거지?"

쌀쌀맞은 말투에도 우림이는 가온이를 살갑게 대했다.

"물수제비는 어디서 배운 거니?"

"나 혼자 연습한 거야. 연습하니까 되더라고. 너도 가르쳐 줄까?"

우림이의 물음에 가온이는 말없이 고개를 끄덕였다.

"물수제비는 납작한 돌로 해야 해."

우림이가 가지고 있던 돌 하나를 가온이에게 내밀었다.

"자세를 낮추고 몸을 기울여서, 한쪽 팔을 옆으로 이렇게 해 봐."

우림이가 가르쳐 준 대로 자세를 잡으니 몸이 한쪽으로 기울며 기우뚱거렸다.

"뭔가 이상한데? 왜 거울을 보는 것 같지?"

우림이가 가온이의 자세를 보며 고개를 갸우뚱거렸다.

"참! 너, 오른손잡이야? 왼손잡이야?"

"나, 오른손."

“아, 그럼 반대로 해야겠다! 난 왼손잡이거든.”

우림이가 엉거주춤한 자세를 취하고 있는 가온이에게 다가와서 손을 덥석 잡았다.

가온이는 깜짝 놀랐다. 누군가 자기한테 관심을 가지고 따뜻하게 대해 준 것이 처음이었기 때문이다. 하지만 자기가 놀란 것을 상대방이 눈치채지 못하게 꾹 참았다.

물수제비는 생각처럼 쉽지 않았다. 호수에 던진 돌은 모두 가라앉았지만, 가온이는 아무 말 없이 물수제비를 반복했다. 물수제비에 쓸 돌을 찾고, 자세를 취하고, 고요한 호수에 돌을 던지는 과정은 어떤 의식 같았고, 마음을 진정시키는 효과가 있었다.

“생각해 봤는데 말이야.”

우림이가 넌지시 말했다.

“뭘?”

“뭐긴, 네 이름이지.”

우림이의 얼굴은 빨갛게 달아올라 있었다.

“너, 가온이잖아.”

우림이의 말에 가온이는 화들짝 놀랐다. 이름을 말해 준 기억이 없었기 때문이다.

“너 혹시, 우리 아빠 만났니?”

“아, 아니거든. 어제, 네가 이름을 말해 줬잖아.”

“내가 말해 줬다고? 칫, 거짓말!”

우림이가 시치미를 떼자 가온이는 무슨 말을 해야 할지 몰랐다. 가온이는 누군가와 친밀한 관계가 되는 게 어색하고 불편했다. 그런데 우림이에게는 어색하거나 불편한 감정을 느끼지 못했고, 그런 자신이 낯설게 느껴졌다. 어쩌면 자기한테 친절하게 대해 준 친구는 우림이가 처음이기 때문인지도 몰랐다.

"넌 학교에 안 다니니?"

어색한 공기가 흐르자 가온이는 화제를 돌렸다.

"관뒀어."

"왜?"

"나, 아웃사이더거든."

가온이는 우림이가 자기랑 비슷한 처지에 있는 아이일지도 모른다는 생각이 들었다.

"쳇! 너, 괴짜구나?"

"그러는 넌?"

"나? 나도 학교에 다니지 않아."

"왜?"

"난 왕따야."

가온이 말에 우림이가 쾌재를 불렀다.

"어쩐지 통하는 게 있을 것 같더라니!"

가온이도 우림이의 말에 동의했지만 내색하지는 않았다.

"통하긴 뭐가 통하니? 나, 일진이거든."

"네가 무서운 아이라는 건 나도 알아. 그래도 친구가 생겨서 좋아. 여기는 내 또래 아이를 찾기가 힘들거든."

"야! 누가 너랑 친구 한대?"

가온이가 쏘아붙이자 우림이가 당혹스러운 표정을 지었다.

"어! 그래, 친구라고 하기엔 이르지? 아직 서로의 전화번호도 모르니까."

우림이는 제법 의젓한 구석이 있었다. 불쾌할 법한 일인데도 내색하지 않고 다 받아 주었다. 그래서 가온이는 우림이가 마음에 들었다.

"학교에 안 가면, 뭐 하면서 지내니?"

"숲속을 돌아다니면서 산새나 나무도 관찰하고, 돌멩이도 주워."

가온이는 우림이의 엉뚱한 말에 호기심이 생겼다.

"돌멩이를 줍는다고? 그건 뭐 하려고?"

"조금 전에 물수제비 떴잖아."

우림이의 말에 웃음이 터져 나왔다.

"그게 다야?"

"집에서는 주로 코딩을 해. 난 프로그래머거든."

"네가 프로그래머라고?"

우림이가 고개를 힘껏 끄덕이며 되물었다.

"아참! 너희 집에 온 간병 로봇은 어때?"

가온이는 우두커니 멈춰 서서 우림이를 노려보았다.

"네가 그걸 어떻게 알아?"

가온이가 정색을 하자 우림이는 안절부절못했다.

"아, 아니 난……."

"너, 이 자식! 솔직히 말해. 어제 우리 아빠 만난 거 맞지?"

"그게, 사실은 말이야…… 헉!"

우림이는 하려던 말을 끝맺지 못했다. 가온이의 발길질에 맥없이 쓰러졌기 때문이다.

"어쨌든, 그건 반칙이라고. 우리 아빠가 허락 없이 내 이름을 말해 준 거니까."

"가온아, 나 아파서 병원에 가야 할지도 몰라."

우림이는 울상을 하며 아프다고 엄살을 떨었다.

"그러게 솔직하게 말했으면 좋았잖아. 혹시라도 병원에 가게 되면 전화해."

가온이가 전화번호를 알려 주자 우림이의 얼굴에 함지박만 한 웃음이 걸렸다.

교감

[화장실에 갈 시간입니다. 일으켜 드리겠습니다, 주인님.]

루시가 혜주에게 다가와서 말했다.

"어린애 취급하지 마. 아직은 나 혼자서 할 수 있어."

혜주는 어린애 취급을 당하는 것 같아서 불쾌한 기분이 들었다.

"넌 내가 말하지 않아도 미리 알아채는구나. 어떻게 그럴 수 있지?"

혜주는 자신이 화장실에 가고 싶은 걸 루시가 어떻게 알았는지 궁금했다.

[웨어러블 디바이스와 연동되어 실시간 환자 모니터링이 가능합니다. 주인님이 화장실에 다녀온 지 두 시간이 되었습니다. 그사이 점심 식사를 마치고, 100밀리리터의 수분을 섭취했습니

다.]

"그런 것이 다 저장된 거니?"

혜주는 손목에 찬 웨어러블 밴드를 바라보며 물었다.

[네, 실시간 환자 모니터링을 통해서 간병해야 할 주인님의 생체 리듬에 대한 통계가 입력되어 있습니다. 심전도, 혈당, 혈압, 심박, 체온 등의 연속적인 생체 데이터를 복합적으로 분석하기 때문에 위험 징후를 조기에 파악하거나 예측할 수 있습니다.]

루시의 분석은 놀라웠지만 딱딱한 말투와 어색한 기계 음성은 좀처럼 적응하기 힘들었다.

"넌 아프지도 않고, 병에 걸리지도 않겠지?"

혜주는 자기도 모르게 넋두리를 내뱉었다.

"아픈 사람의 고통에 대해 전혀 이해하지 못할 거야."

[고통은 사람의 몸이나 마음의 아픔, 또는 괴로움을 뜻합니다. 따라서 로봇에게 적용되는 정의가 아닙니다. 컴퓨터의 정상적인 작동을 방해하거나, 데이터나 프로그램을 파괴하는 바이러스에 감염되면…….]

루시의 대답은 주어진 명령 또는 저장된 질문에 대한 반응에 불과했다.

"알았다. 잔소리 좀 그만해."

혜주는 루시의 말을 자르고 쏘아붙였다.

"난 그런 식으로 대화하고 싶지 않아."

혜주는 감정의 변화도 없고 인간적이지 않은 루시를 상대하는 게 왠지 모르게 몸서리가 쳐졌다. 혜주에게 필요한 것은 누군가의 따뜻한 마음과 애정 어린 손길이었다.

[정보를 알려 주시면 치료에 도움이 됩니다.]

"더 얘기하고 싶지 않으니 이제 가 봐."

[저는 무엇을 하고 있을까요?]

질문을 던진 루시가 혜주의 지시를 기다렸다.

"좋을 대로 해. 가서 눈을 좀 붙이든지, 아니면 충전을 하든가……."

혜주는 넌더리가 났다.

[알겠습니다, 주인님. 수면 모드로 전환하겠습니다. 언제든 도움이 필요하시면 불러 주세요.]

루시는 데이터를 정리하고 수면 모드로 전환했다.

인기척이 없는 집 안은 고요하기만 했다.

"할머니는 주무시나?"

할머니를 보러 2층으로 올라가려던 가온이는 거실 한쪽에 서 있는 수면 모드 상태의 루시를 발견했다.

다시 계단을 내려온 가온이는 루시에게 다가가 얼굴을 물끄러미 들여다보았다.

인공 피부는 사람의 피부와 흡사했고, 약간의 잡티와 인중까지 표현되어 있었다. 자세히 들여다보지 않으면 사람이라고 착각할 정도였다.

이번에는 루시의 몸을 살펴보았다. 하얀 광택이 나는 몸체는 강화 플라스틱 재질이었고, 관절 부위 안쪽에는 회로가 언뜻 보였다. 만져 보지 않아도 딱딱하고 차가운 느낌이 들었다.

"루시는 사람처럼 따뜻한 몸을 가지지 못하겠지?"

가온이는 차가운 기계 몸을 가진 루시가 애처로워 보였다.

"내가 지금 무슨 생각을 하는 거야? 루시는 사람이 아니잖아……."

[가온 양, 도움이 필요하신가요?]

루시가 눈을 번쩍 뜨며 묻는 바람에 가온이는 당황했다.

"어? 일어났어?"

가온이는 어색한 기분을 떨쳐 내려고 화제를 돌렸다.

"할머니는 좀 어떠셔?"

[주인님은 취침 중입니다.]

"루시, 할머니하고 좀 친해졌니?"

가온이는 대화를 이어 나가려고 다시 질문을 던졌다.

[주인님은 저와 대화하고 싶어 하지 않습니다.]

"그게 무슨 말이야?"

[생체 데이터를 복합적으로 분석하여 치료 권고안을 조언하는 대화 방식이 듣기 싫게, 필요 이상으로 참견하거나 꾸중하는 잔소리 같다고 합니다.]

"할머니가 왜 너를 싫어하는지 이해 못 하겠어. 친구처럼 지내면 좋을 텐데…….”

[로봇과 인간은 친구가 될 수 없습니다.]

할머니에게 구박받는다고 생각하자 가온이는 루시가 측은했다.

“루시, 할머니 때문에 속상하지? 할머니하고 좀 더 친해질 방법이 없을까?”

[속상하다는 말은 화가 나거나 걱정이 되는 일로 인하여 마음이 불편하고 우울하다는 의미로 로봇에 적용되는 정의가 아닙니다.]

루시의 말투는 자연스럽지 않고 어색했다. 그래서 할머니가 루시와 가까워지지 못하는지도 모른다.

“아무래도 말투를 바꿔야 할 것 같아.”

루시의 말투가 자연스러워지면 어색하거나 꺼림칙한 기분이 드는 것도 줄어들 것 같았다.

“루시, 할머니하고 어떻게 대화해야 하는지 내가 가르쳐 줄게.”

가온이는 루시에게 인간의 말투와 행동을 학습시켜야겠다고 생각했다.

“사람의 행동하고 말투, 할머니가 좋아하는 음식이나 영화, 즐겨 듣는 음악을 하나씩 다 알려 줄게. 아마 할머니도 좋아하실 거야.”

[알겠습니다.]

"'이렇게 하세요.'라고 말하면 명령을 받는 기분이 들어. 지시하거나 가르쳐 주는 방식은 할머니가 좋아하지 않아."

가온이는 루시가 알아들을 수 있도록 하나씩 예를 들며 설명해 주었다.

[지시형 대화 방식입니다.]

"맞아, 그러니까 할머니한테는 '이렇게 하면 더 쉽게 할 수 있어요.' 이런 식으로 권유하는 게 좋아."

[그건 청유형 대화 방식입니다.]

가온이는 루시의 말에 피식 웃었다.

"할머니 앞에서 자주 웃어야 해. 그러면 더 가깝게 느껴질 거야."

[지금도 가까운 데 있습니다.]

"거리를 말하는 게 아니라 마음속에 느끼는, 그러니까 정이 들어야 한다고!"

[정은 오랫동안 지내 오면서 생기는 사랑하는 마음이나 친근한 마음입니다. 로봇과 인간은 마음을 나눌 수 없습니다.]

"그러니까 내 말은, 따뜻한 눈길, 친절한 말투, 포근한 포옹, 그런 것이 쌓여 가는 거 말이야."

[알겠습니다.]

"어휴, 언니가 아니라 동생이 생긴 것 같다."

아무래도 루시와 인간처럼 대화를 나누는 데에는 한계가 있는 것 같았다.

“나 혼자서는 무리인 것 같아.”

도움이 절실한 가온이의 머릿속에 우림이가 떠올랐다.

“맞아, 우림이한테 부탁해 보자! 프로그래머라고 했으니 도움이 될지도 몰라.”

할머니가 언제 일어날지 모르니 루시를 집 밖으로 데리고 나갈 수는 없었다.

가온이는 우림이에게 전화를 걸었다.

“이렇게 빨리 통화를 하게 될 줄은 몰랐는걸!”

우림이는 꽤 놀란 모양이었다.

“너, 병원 안 가도 되니?”

어떻게 말을 꺼내야 좋을지 몰라서 물었더니 우림이는 천연덕스럽게 대답했다.

“안 가도 될 것 같아. 이상하게 하나도 아프지 않은걸.”

“그래? 그럼 잠깐 우리 할머니 집으로 올래?”

“조금 전에 헤어졌는데, 다시 만나자고?”

의아한 듯 되물었지만, 목소리에는 반가움이 묻어 나왔다.

“싫으면 말고! 누굴 소개해 주려고 했는데…….”

우림이는 가온이가 던진 미끼를 덥석 물었다.

“혹시, 간병 로봇 말이니?”

“루시야.”

“알았어. 가, 갈게. 기다려.”

한달음에 달려온 우림이는 잔뜩 상기된 얼굴을 하고 있었다.

"루시, 인사해. 내 친구 우림이야."

가온이는 루시에게 우림이를 소개했다.

[우림 군, 안녕하십니까?]

루시를 본 우림이의 눈빛이 반짝였다. 흥분한 기색이 역력했다.

"역시, 내 짐작이 맞았어. 코윌의 NCR_WA10 모델이지? 특별 주문한 거고!"

로봇에 대해 꽤 아는 눈치였다.

"그런 것도 아니?"

"코윌의 로봇은 한번 보면 잊을 수가 없지."

우림이가 의기양양하게 말했다.

"안녕, 루시. 우리 지난번에 만났던 거 기억해? 이곳에 처음 온 날 말이야."

[네, 기억합니다.]

"그런데 루시는 누굴 닮은 거야? 가온이 너랑 닮은 것 같기는 한데……."

루시를 꼼꼼히 살피던 우림이가 예상치 못한 질문을 던졌다.

아픈 가정사를 들켜 버린 것 같아서 당혹스러웠지만 가온이는 애써 아무렇지 않은 것처럼 담담히 말했다.

"우리 엄마."

솔직히 말할 필요는 없지만, 숨길 필요도 없다는 생각이 들었기 때문이다.

"그렇구나. 그러고 보니 너희 엄마는 못 본 것 같은데…… 아!"

우림이가 말을 잇지 못하고 고개를 주억거렸다. 눈치를 챈 모양이었다.

"맞아!"

"미안해. 난 그런 줄도 모르고."

"괜찮아. 지난 일인데 뭘……."

엄마의 부재를 새삼스레 확인하거나 마음의 상처와 마주하는 일은 늘 예기치 않게 찾아왔다. 마음의 준비가 되어 있지 않아서 달갑지 않지만, 새로운 만남이 있을 때마다 한 번씩은 겪어야 하는 일이기도 했다. 늘 불편하고 부담스러웠는데 우림이 앞에서는 불편하거나 내색하기 싫은 감정이 들지 않았다.

"가온아, 내가 뭘 도와주면 돼?"

가온이에게 측은한 마음이 생겼는지 우림이는 선뜻 도와주겠다고 나섰다.

가온이는 자초지종을 설명해 주었다.

"어떻게 하면 할머니가 루시를 친근하게 생각하실 수 있을까?"

어려운 질문인데도 우림이는 그럴싸한 답변을 내놓았다.

"어색한 이유를 알 것 같아. 인공 피부가 씌워진 얼굴은 사람 같은데, 기계 몸 때문에 이질적인 느낌이 들어."

"듣고 보니 그렇구나! 옷을 입는 게 좋겠어. 너, 정말 대단하다!"

가온이가 칭찬 세례를 퍼붓자 우림이는 다시 우쭐해졌다.

"루시의 딱딱한 말투는 어떻게 고칠 수 있지? 업그레이드해야 하나?"

"업그레이드?"

"왜? 안 되는 거야?"

"안 되긴. 당연히 가능하지."

"그래? 그건 어떻게 하면 돼?"

가온이는 들뜬 표정이었지만 우림이는 근심 어린 표정을 지었다.

"그런데 문제가 있어."

"무슨 문제?"

가온이는 뜸을 들이는 우림이의 표정을 살피며 조심스레 물었다.

"불법이거든. 허가받지 않고 업그레이드하거나 개조를 하면 잡혀가."

"나도 알아. 내가 말한 건, 뜯어고치는 게 아니라 단순 업그레이드야."

"뜯어고치는 거나 단순 업그레이드나 마찬가지야."

우림이는 가온이를 차근차근 설득했다.

"루시는 코윌의 딥 러닝 알고리즘인 심층 신경 네트워크 기술이 적용된 인공 지능 로봇이야. 그러니까 스스로 학습을 할 수 있다고."

"알아. 하지만 한계가 있어. 난 루시가 좀 더 나아지기를 원해."

"어떻게?"

"할머니가 루시를 딸처럼 생각하면 좋겠어."

우림이는 고개를 갸우뚱거렸다.

"로봇과 애착 관계가 형성되면 부작용이 있을 수 있어. 문제가 심각해질 수 있다고."

선뜻 도와주겠다고 나섰지만 가온이의 부탁은 들어주기가 쉽지 않은 일이었다.

인간과 로봇의 공존은 과도기 상태였다.

AI 로봇과 서비스가 일반화되었음에도 과학 기술이 베푸는 혜택의 불평등은 나날이 커져만 갔다. 법과 제도의 정비를 통해 문제를 해결해 나가고 있다고 하지만 사회적 합의를 이뤄 내기까지는 쉽지 않았다. 겉으로 드러나지 않는 부작용 해결의 실마리를 찾기 힘든 다양한 문제가 내재되어 있었기 때문이다.

AI 반려 로봇에게는 고유 번호가 적힌 인식표가 있고, 사용자의 웨어러블 밴드와 연결되어 인간의 통제가 가능했다. 하지만 AI 반려 로봇과 애착 관계가 형성된 사람들은 '통제'가 아닌 '자유'를 원했다. 반려 로봇이 상실감을 채워 주었기 때문에 그들은 로봇이 인간에게 종속된 기계 부품이 아니라 하나의 인격체로 대우받기를 바랐다. 그래서 프로그램을 업데이트하거나 인공 피부를 덧씌우는 일이 성행하게 되었고, 고객의 요구에 따라 AI 로봇을 불법으로 개조해 주는 해커들이 나타났다.

세계적인 기업답게 코윌은 고객의 욕구를 정확히 파악했다. 사람들의 심리를 이용해서 만든 '특별 주문'이라는 옵션으로 코윌의 AI 로봇은 판매량이 기하급수적으로 늘었다. 기대 이상의 성공에 도취한 코윌은 특별 주문 이외의 개조는 모두 불법으로 간주했다. 코윌은 시장 지배력을 바탕으로 사회 전반에 막강한 영향력을 행사했기 때문에 정부도 견제할 수 있는 수단이 없었다. 하지만 음지에서 자행되는 불법을 모두 막기는 쉽지 않았다.

'길 잃은 로봇'과 크래커의 테러 행위도 심각한 사회 문제를 일으키고 있었다.

AI 반려 로봇에 싫증 난 사람들은 폐기하기보다 실종 신고하는 것을 선호했는데, 폐기 비용보다 저렴하기 때문이었다. 그들은 일부러 인식표를 파괴하고 메모리를 삭제하는 방법으로 로봇을 고장 내고 내다 버렸다. 버려진 애완동물처럼, 버림받은 '길 잃은 로봇'이 생긴 것이다.

고유 번호가 지워진 '길 잃은 로봇'은 범죄 집단에 납치당해 강력 범죄에 이용되었기 때문에 인공 지능 개발 반대 단체인 크랙의 표적이 되었다. 범죄에 악용되는 것을 막기 위해 '길 잃은 로봇'을 찾아내 파괴하는 것이다. 그러나 과격하고 폭력적인 행동은 또 다른 형태의 테러에 지나지 않았고, 인공 지능을 옹호하는 사람들의 눈살을 찌푸리게 했다.

인공 지능 개발 기업 코월과 인공 지능 개발 반대 단체 크랙은 앙숙이었다.

코월은 크랙과 크래커들이 사회의 혼란을 가중시킨다고 주장했고, 크랙은 코월의 비윤리적인 경영 때문이라고 주장했다. '길 잃은 로봇'이 생겨나는 것을 막을 수 있는데도 방관하고 있으며, 오히려 수익을 위해 특별 주문이라는 옵션을 만들어 사회 문제를 조장한다고 코월을 비판했다.

크래커 중에는 순수하게 인공 지능의 위험성에 경각심을 갖고 반대하는 사람들도 있지만, 코월의 지적처럼 과격한 폭력을 사용하는 일부는 과학 기술의 혜택을 받지 못하는 경제적으로 소외된 사람들이었다. 그러니 코월과 크랙, '길 잃은 로봇'과 크래커 간의 충돌은 필연적으로 생겨날 수밖에 없는 인과 관계의 결과인지도 모른다. 어쩌면 과학 기술 발전의 부작용이 아닌, 인간의 탐욕에서 비롯된 일인지도 모르고.

도플갱어

"가온아, 다른 방법을 생각해 보자."

가온이를 돕고 싶었던 우림이는 곰곰이 생각한 끝에 입을 열었다.

"다른 방법이라니?"

"음, 그러니까 인간이나 동물은 학습하는 데 세 가지 전략을 갖고 있대. 외양 기반, 행동 기반, 의도 기반."

"너, 잘난 척하는 거지?"

"저기, 가온아, 이래 봬도 나 프로그래머거든."

가온이는 우림이가 발끈하는 모습이 우스웠다.

"장난이야. 당연히 알지. 넌 내가 아는 제일 뛰어난 프로그래머야. 그래서 너한테 도움을 받고 싶은 거고."

가온이가 칭찬을 쏟아 내자 우림이는 금세 의기양양한 표정을 지었다.

"좋았어!"

우림이는 하려던 얘기를 다시 시작했다.

"세 가지 학습 전략 중에서 외양 기반은 외양을 보고 학습하는 거고, 행동 기반은 행동하는 것을 보고 모방하는 거야. 무슨 말인지 알지?"

"어, 알 것 같아. 그런데?"

"내가 말하고 싶은 건 의도 기반 학습 전략이야. 사람의 의도를 이해하고 따라 하는 방식이라서, 로봇이 효과적이고 유연하게 인간의 행동을 학습할 수 있게 되지."

"알 것 같기도 하고 모를 것 같기도 해."

"음, 그러니까 조금 더 쉽게 설명하자면, 설거지를 예로 들어볼게."

우림이가 말을 이어 나갔다.

"외양 기반이나 행동 기반의 학습을 하면 컵이나 그릇의 모양이 달라졌을 때, 로봇이 혼란을 겪을 수 있어. 하지만 그릇을 닦는 의도를 이해하면, 그릇의 크기나 모양, 세척 장비가 바뀌어도 청결의 의미를 이해할 수 있으니 실수가 줄게 되는 거지."

"너, 진짜 대단하다. 무슨 말인지 알겠어. 이제 이해돼."

우림이의 지식과 지적인 면모에 가온이는 감탄이 절로 나왔다.

"루시에게 의도 기반 학습 전략을 적용하려면 관계 데이터베이스를 구축해야 할 것 같아. 그건 내가 도와줄게."

"어떻게?"

"가상 게임을 하나 만든다고 생각하면 돼. 네가 학습시키려고 하는 내용을 가상 현실 공간에 만들어서 보여 주는 거야. 그러면 루시는 네가 원하는 것을 이해하고, 다음에 어떤 반응이 나올지 예측하기도 하고 모방하게 될 거야."

우림이의 제안은 괜찮은 방법인 것 같았다.

"우림아, 고마워. 넌 진짜 천재인 것 같아."

가온이는 기쁜 나머지 우림이를 힘껏 껴안았다.

가온이의 갑작스러운 행동에 놀란 우림이는 넋 나간 사람처럼 멍하니 서 있었다.

"가온아, 그럼 난 이제 가 봐야겠다."

우림이는 새빨갛게 달아오른 얼굴로 말을 이었다.

"코딩을 짜는 데 시간이 좀 걸리니까, 그동안 네가 루시를 학습시켜야 해. 루시가 네 의도를 파악할 수 있도록 대화를 연습해 봐."

"그래, 빨리 가."

가온이 역시 자기도 모르게 한 행동이 왠지 부끄러워서 고개를 들지 못했다.

"루시, 우리 엄마 이름은 수지야. 이수지."

[가온 양 엄마의 이름은 이수지입니다.]

"우리 엄마는 기자야."

[가온 양 엄마 수지 씨의 직업은 기자입니다.]

루시는 가온이에게 들은 정보를 반복해서 말하며 메모리에 저장했다.

"우리 엄마는 지금 아주 먼 곳에 있어. 크래커들과 코월을 취재하러 갔는데, 아직 돌아오지 않고 있어."

가온이에게 엄마의 부재는 현재 진행형이었다. 확실한 증거가 나오지 않았으니 엄마의 죽음을 인정할 수도, 받아들일 수도 없었다.

[크래커는 위험인물이며, 사회의 암적인 존재입니다.]

크래커라는 말을 듣자 루시가 예민한 반응을 보였다.

코월이 루시의 메모리에 저장한 정보라고 생각하니 가온이는 왠지 기분이 나빴다. 코월의 모든 인공 지능 로봇들에게도 크래커에 대한 부정적인 정보가 저장되어 있을 게 뻔했다.

"그렇지 않아, 루시. 엄마는 코월이 숨기는 게 있다고 했어."

[크래커는 인공 지능 로봇을 부정하며 사회를 혼란에 빠트리고 있습니다.]

"됐어. 그 얘기는 그만하자. 너랑 말싸움하고 싶지 않아."

루시와 언쟁을 벌이고 싶지 않아서 가온이는 화제를 돌렸다.

"루시, 우리 엄마가 좋아하는 음악이야. 어때?"

가온이는 휴대폰에 저장된 음악을 실행했다. 엄마가 평소에 즐겨 듣던 클래식 음악이었다.

[러시아의 작곡가인 세르게이 라흐마니노프의 피아노 협주곡 2번입니다. 라흐마니노프의 걸작 중 하나이며, 낭만 시대 후기의 대표적인 작품으로 평가됩니다.]

"정보를 말하라는 게 아니라 그냥 느껴 보라고."

[느낌은 어떤 대상이나 상태, 생각 등에 대한 반응이나 지각으로 마음속에 일어나는 기분이나 감정을 의미합니다. 따라서 로봇에 적용되는 정의가 아닙니다.]

우림이가 돌아간 뒤, 가온이는 루시가 자신의 의도를 이해할 수 있도록 학습시키려 했지만, 생각처럼 쉽지 않았다.

"그래, 음악은 좀 어려운 것 같다. 엄마가 좋아하는 곡이니까 일단 저장해 둬."

[알겠습니다.]

어떤 주제가 의도 기반 학습 전략과 잘 어울릴까 고민하던 가온이는 음식 이야기로 화제를 돌렸다.

가온이는 할머니가 만든 쿠키를 냉장고에서 꺼내 그릇에 담았다.

"루시, 이건 할머니가 만든 쿠키야."

[쿠키는 밀가루나 버터, 설탕, 달걀 등을 섞은 반죽에 초콜릿이나 오트밀, 건포도, 땅콩, 버터 등과 같이 다양한 향과 맛을 내는 재료들을 첨가하여 여러 가지 모양으로 구워 낸 작은 서양식 과자입니다.]

"루시, 내가 쿠키가 뭔지 몰라서 너한테 물어봤겠니? '네가 좋아하는 음식이야.' 이렇게 말해야지. 루시, 말한 사람의 의도를 생각해 보라고."

[알겠습니다.]

"다시 한번 해 보자. 루시, 이 쿠키는 왜 만든 거야?"

[그 쿠키는…….]

루시는 말을 멈추고 한동안 대답이 없었다.

"루시! 너, 왜 그래?"

[모델명 NCR_WA18. 간병에 최적화된 AI로 환자에 대한 맞춤형 의료 지원이 가능. 코윌의 기술이 집약된 수면 모드는 한 시간 충전으로 48시간…….]

"루시, 그만!"

가온이는 루시의 말을 잘랐다. 한숨이 절로 나왔다. 루시의 말투를 고치는 일은 우림이의 도움 없이는 불가능할 것 같았다. 혼자서 할 수 있는 다른 방법을 생각해야 했다.

"아, 그렇지!"

마침, 우림이가 했던 말이 떠올랐다. 사람 같은 얼굴과 기계 몸 때문에 어색하게 보이니 옷으로 몸을 가리면 나아질지도 모른다.

"옷을 입으면 조금 더 자연스러워 보일 거야. 따라와, 루시."

가온이는 루시를 데리고 2층으로 올라갔다. 엄마가 아빠와 결혼해서 할머니 집을 떠나기 전까지 사용하던 방에 가기 위해서였다.

가온이는 할머니 집으로 온 뒤에도, 엄마의 방은 한 번도 들어가지 않았다. 갑자기 우울해져서 자기도 모르게 울음이 터져 나올지 모른다는 생각이 들었기 때문이다. 어떤 경우에는 생각보다 용기를 내야 하는 일도 있는데, 가온이에게는 엄마의 방에 들어가는 일이 그랬다.

엄마의 방은 예전의 모습 그대로였다. 아빠와 결혼하기 전부터 갖고 있던 책들과 음악 앨범들이 책상과 책장 안에 빼곡히 들어차 있었고, 침대 옆 작은 탁자에는 소설책 한 권이 놓여 있었다. 조금 전까지 읽었던 것 같은 착각이 들 정도였다.

괜스레 먹먹한 기분이 들었다. 치워지지 않은 방을 보자 할머니가 엄마를 얼마나 그리워하는지 알 것 같았다. 걱정했던 것처럼 울음이 터져 나오지는 않았지만, 무언가 마음을 무겁게 짓누르는 기분이 드는 것은 어쩔 수 없었다.

가온이는 옷장을 열었다. 옷장에는 엄마가 즐겨 입던 옷가지가 걸려 있었는데 가온이에게도 낯익은 옷들이었다.

"루시, 이건 우리 엄마가 젊었을 때 입던 옷인데, 나 주려고 버리지 않고 남겨 놓은 거래."

가온이의 엄마 수지는 아기를 낳고 살이 쪄서 못 입게 된 옷 중 일부를 버리지 않고 남겨 두었다. 나중에 가온이가 입으면 좋은 추억이 될 거라고 생각했기 때문이다.

"엄마는 작아져서 못 입는다고, 나더러 크면 입으라고 했는데 나한테는 아직 큰 것 같아. 그래도 너한테는 딱 맞을 거야."

가온이는 엄마 옷을 꺼내서 루시의 몸에 대 보았다. 꽤 잘 어울렸다.

"정말 잘 어울린다. 어릴 적 엄마의 모습을 보는 것 같아."

이상한 경험이었다. 열여덟 살 무렵의 엄마를 본 적이 없는데, 엄마 옷을 걸친 루시를 보니 소녀 시절의 엄마를 만난 것 같았다.

가온이는 루시에게 옷을 입히고 함께 거울을 들여다보았다. 엄마 옷을 입은 루시는 자신과 똑 닮아 있었다.

"우리, 꼭 쌍둥이 같아."

루시는 아무런 말을 하지 않았다.

"가온아, 집에 있니?"

잠에서 깬 혜주는 문밖을 나서며 손녀딸을 찾았다.

"할머니, 일어나셨어요? 저, 여기 있어요!"

가온이가 엄마 방에서 뛰쳐나오며 소리쳤다. 옷을 입은 루시를 할머니한테 보여 주고 싶은 생각에 마음이 급했다.

"할머니, 루시 좀 보세요!"

"왜 이렇게 호들갑이니?"

손녀딸을 타이르던 혜주는 심장이 덜컥 내려앉는 것 같은 충격을 받았다. 루시가 딸아이와 똑같은 모습을 하고 있었다.

"정말 예쁘죠? 엄마 어릴 적 모습 같지 않아요?"

가온이가 해맑은 미소를 지으며 물었다.

혜주는 가온이와 루시를 물끄러미 바라보았다. 둘은 쌍둥이처럼 닮아 있었다.

'너는 정말 내 딸을 닮았어. 하지만 넌 진짜가 아니야. 내 딸을 흉내 내는 것뿐이라고…….'

혜주는 머릿속에 맴도는 생각을 차마 꺼낼 수 없었다. 신이 난 것처럼 들떠 있는 손녀딸 때문이었다. 자신의 마음을 짐작도 하지 못하는 손녀딸이 원망스러웠지만, 내색할 수는 없었다.

"네가 왜 그 옷을 입고 있는 거야!"

혜주는 차마 손녀딸에게 하지 못하고 루시를 다그쳤다.

[가온 양이 입혀 주었습니다.]

"어째서?"

화를 억누르느라 혜주의 목소리가 가늘게 떨렸다.

[수지 씨가 즐겨 입던 옷입니다.]

"보기 싫으니 빨리 벗어."

"할머니……."

냉랭한 분위기를 느낀 가온이는 할머니에게 서운한 감정이 들었다.

[주인님의 생체 정보 측정기에서 스트레스가 감지됩니다.]

루시가 눈치도 없이 혜주의 생체 정보를 읊어 댔다.

[교감 신경계가 활성화되어 심박수가 증가하고 혈압이 상승하고 있습니다. 일시적인 혈압 상승은 뇌출혈의 원인이 될 수 있습니다.]

"가온이 너는 왜 시키지도 않은 일을 해서 내 마음을……."

혜주는 하려던 말을 끝맺지 못했다. 심장을 죄어 오는 통증을 느꼈기 때문이다.

혜주는 가슴을 움켜쥐었다. 눈앞이 하얗게 변하고 머리가 어지러웠다. 다리에 힘이 빠져나가서 제대로 서 있기조차 힘들었다. 정신이 혼미해지는 것을 느낀 혜주는 쓰러지지 않으려고 안간힘 쓰며 벽에 기댔다.

"할머니! 괜찮으세요? 할머니!"

혜주가 쓰러질 것처럼 비틀거리자 가온이가 재빨리 부축했다.

"루시! 도와줘."

가온이가 도움을 청하자 루시가 혜주를 번쩍 안더니 방으로 데려갔다.

"루시! 병원에 가야 하는 거 아니야?"

가온이가 안절부절못하며 묻자 루시가 대답했다.

[갑작스러운 스트레스로 인한 '미주 신경성 실신' 상태입니다. 인체에 해가 없어 특별한 치료가 필요하지 않습니다. 안정을 취하면 곧 나아집니다.]

루시는 혜주를 침대에 편안하게 누인 다음, 가정용 산소 호흡기를 코와 입에 가져다 댔다. 그리고 체온과 맥박을 확인하며 혜주의 몸 상태를 살폈다.

"할머니…… 돌아가시면 안 돼요."

가온이는 할머니마저 자기를 떠나 버릴까 봐 겁이 났다. 눈물이 왈칵 쏟아져 나오려 해서 입술을 지그시 깨물었다.

가온이가 코를 훌쩍거리자 루시가 위로의 말을 건넸다.

[가온 양, 울지 마세요. 주인님은 이제 괜찮아졌습니다.]

딱딱하고 어색한 말투이긴 해도 자신을 생각하는 마음이 전해지는 것 같았다.

"루시, 고마워. 네가 아니었으면 나는 어떻게 해야 할지……."

루시의 말을 듣고 마음이 진정되었지만 떨림은 쉽게 가라앉지 않았다.

가온이는 속이 상했다. 그냥 엄마를 추억하고 싶을 뿐인데, 할머니는 왜 자기 마음을 알아주지 않는 건지 도무지 이해할 수 없었다. 할머니가 원망스러웠지만, 곧 자기가 할머니의 마음을 이해하지 못하는 것일지도 모른다는 생각이 들었다.

가온이는 할머니와 루시가 함께할 수 없다는 것을 깨달았다. 할머니가 루시를 받아들일 수 없다는 사실을 인정하는 것은, 가온이가 루시와 헤어져야 한다는 사실을 상기시키는 것이기도 했다.

"할머니, 빨리 일어나세요. 앞으로는 할머니 마음을 아프게 하지 않을게요."

할머니를 위해서라면 루시를 떠나보내는 게 옳은 일이었다. 마음을 굳게 먹었지만, 루시와 헤어져야 한다고 생각하니 가슴이 복받쳐 올랐다.

가온이는 루시를 엄마가 자기한테 보낸 선물이라고 생각했다. 잠시였지만 엄마를 다시 만난 것처럼 기쁘고 행복했다. 마음의 안정을 되찾아가고 있다고 생각했는데, 루시와 헤어질 수밖에 없는 현실을 깨닫자 가슴이 시리도록 서러웠다. 가온이의 눈에서 참았던 눈물이 기어코 터져 나왔다.

[울지 마세요. 가온 양이 울면 우진 씨가 슬퍼합니다.]

"뭐라고?"

[가온 양은 지금 많이 아픕니다. 겉으로 드러나 보이지는 않지만, 가온 양에게는 상처가 있습니다.]

"그게 무슨 말이야? 왜 그런 얘기를 하는 거야?"

[우진 씨에게 가온 양을 잘 돌봐 주겠다고 약속했습니다.]

"아! 아빠……."

가온이는 루시에게 와락 안겼다.

가온이의 마음속에 기쁨과 행복, 슬픔과 아쉬움이 쏟아져 나왔다. 말로는 표현하기 힘든 감정들이 작은 가슴에서 한데 뒤엉켰고, 갑자기 아빠가 못 견디게 보고 싶어졌다.

업데이트

눈을 떠 보니 주위가 밝았다. 그새 날이 밝은 모양이었다. 의자에 앉아서 깜빡 졸았는데, 루시가 덮어 줬는지 이불이 덮여 있었다.

이불 속에 파묻혀 있던 가온이는 얼굴을 쑤욱 내밀고 눈을 껌뻑이며 주변을 둘러보았다. 침대에 누워 있는 할머니 머리맡에 루시가 서 있는 게 보였다. 혹시라도 위급한 상황이 생기면 바로 조치하기 위해서일 것이다.

"루시, 밤새 할머니 곁에 있었던 거야?"

[네, 위급 상황에 대비한 응급 모드 중이었습니다. 이제, 대기 모드로 전환되었습니다.]

가온이가 눈을 뜬 것을 확인한 루시가 모드를 변경하며 대답했다.

"가온아."

혜주도 잠에서 깨어났는지 가온이를 부르며 몸을 일으켰다.

"할머니, 일어나셨어요?"

"그래, 방금 일어났단다. 가온아, 물 좀 가져다주겠니?"

가온이는 따뜻한 물을 챙겨 와서 할머니에게 주었고, 혜주는 손녀딸이 챙겨 준 물을 마시고는 다시 누웠다.

"내가 얼마나 잔 거지?"

"오랫동안 주무셨어요. 할머니가 안 깨어나실까 봐 걱정했어요."

할머니 머리맡에 앉은 가온이는 근심 어린 표정을 지우려고 애썼다.

"밤새 할머니 옆에 있었던 거니?"

"저는 좀 잤어요. 그런데 루시가……."

가온이는 말을 얼버무렸다. 할머니가 싫어할지도 모른다는 생각에서였다.

"가온아, 방에 가서 눈 좀 붙이는 게 어떻겠니? 의자가 불편해서 제대로 못 잤을 텐데."

"전 괜찮아요."

[주인님, 아픈 기억을 상기시켜서 죄송합니다.]

루시가 혜주에게 사과했다. 그러자 가온이가 끼어들었다.

"할머니, 루시는 잘못이 없어요. 할머니가 루시의 모습을 불편해하시는 것 같아서, 옷을 입으면 할머니가 좋아하실 거라 생각하고…….”

혜주는 가온이의 얼굴을 쓰다듬었다.

“정말 죄송해요. 할머니가 엄마를 많이 그리워하고 계신다는 걸 미처 몰랐어요.”

“아니야, 오히려 할머니가 미안하구나. 루시를 받아들이기로 너랑 약속해 놓고, 내 감정만 앞세운 것 같구나.”

“아니에요. 아빠한테 얘기해서 루시를 보낼게요.”

“루시를 보낸다고?”

가온이의 말에 혜주는 깜짝 놀랐다.

“또 이런 일이 생기면 어떻게 해요. 그러니까 루시를 보내 주는 게 맞는 것 같아요.”

혜주는 가슴이 먹먹해졌다. 손녀딸은 자기보다 다른 사람을 생각할 만큼 의젓하고 어른스러웠지만, 자신은 감정에 몰두해서 사춘기 소녀처럼 투정만 부렸다. 나이를 먹으면 점점 어린애로 돌아간다는 말이 새삼스레 실감이 났고, 자신은 절대로 그러지 않을 거라는 확신도 억측에 불과하다는 것을 깨달았다.

“내가 오래 살긴 한 모양이구나. 옛말이 하나도 틀리지 않는다는 걸 실감하고 있는 걸 보니…….”

“네? 무슨 옛말요?”

“아니다, 그러지 않아도 돼. 어린 네가 얼마나 엄마가 보고 싶으면 그랬겠니.”

혜주는 의젓한 손녀딸에게 철부지 같은 모습만 보인 자신이 너무나 부끄러웠다.

“루시를 보내지 않아도 된다고요?”

혜주의 말이 믿기지 않은 가온이는 눈을 동그랗게 뜨고 되물었다.

“그럼.”

혜주는 가온이의 손을 꼭 잡아 주고 눈을 지그시 감았다.

눈을 감고 생각에 잠겨 있던 혜주는 천천히 입을 열었다.

“루시를 처음 보고 네 엄마의 어린 시절을 보는 것 같아 놀랐어. 그리고 내 딸이 다시 돌아온 것 같아 기뻤단다.”

“정말요?”

“그럼, 무척 기뻤지. 얼마나 기뻤는지 말로 표현하기 힘들 정도란다. 그런데 한편으로는 화가 났어.”

혜주는 누구도 모르게 깊숙이 담아 두었던 속마음을 가온이에게 모두 털어놓았다.

“내 딸은 수지밖에 없는데, 루시를 보고 기뻐하는 걸 깨닫고 스스로 화가 났던 거야. 수지에게 죄를 짓는 것 같아서…….”

혜주의 눈가에는 어느새 눈물이 가득 고였다.

“로봇이 내 딸 흉내를 내는 게 견딜 수 없이 싫었어. 루시가 수지가 될 수는 없는 거잖니.”

“할머니…….”

혜주는 자신에게 벌어진 일들을 이해할 수가 없었다. 그래서 자신에게 물었다.

'나는 왜 이런 고통을 겪어야 하지? 누구의 잘못이지? 내가 잘못 살아온 걸까?'

답은 구해지지 않았다. 그러자 끓어오르는 분노가 혜주를 집어삼켰다. 이유를 안다면 받아들이거나 체념하기 쉬울 테지만, 이유를 모르니 절망스러웠고 원망할 대상이 필요했다. 혜주가 적의를 품은 대상은 코월과 인공 지능 로봇이었다.

"내가 네 엄마의 실종과 연관이 있을지도 모르는 인공 지능 로봇의 도움을 받아야 한다는 사실을 참을 수가 없었어."

혜주는 수지가 취재하던 인공 지능 로봇의 간병을 받는다는 사실을 받아들일 수 없었고, 무엇보다 루시가 딸을 닮았기 때문에 거부감을 느꼈다. 원망과 불신이 혜주의 마음 한편에 자리잡고 있었다.

"할머니 마음이 어땠는지 이해할 수 있지?"

"네, 그 마음 저도 알아요."

[주인님, 이제 약을 드실 시간입니다.]

루시가 분위기 파악도 못 하고 끼어들었다.

"루시! 넌 아무 때나 불쑥불쑥 끼어들지 좀 말아 줄래?"

가온이가 루시에게 면박을 주자 혜주는 웃음을 지으며 말했다.

"가온아, 괜찮아. 네 엄마도 어릴 적에는 루시 같았는걸."

혜주는 마음에 품고 있던 분노의 실체를 알게 되자 현실을 마주할 용기가 생겼다. 불행을 안겨 준 세상을 용서할 수도 있을 것 같았다.

"용서를 구하는 데에도 용기가 필요한 것 같구나. 루시, 그동안 심술 맞게 굴었던 나를 용서해 주겠니?"

[주인님이 싫어하는 행동은 하지 않겠습니다.]

루시는 눈치가 없는 게 틀림없었다.

"아니야, 루시. 지금처럼 하던 대로 해 줘. 너를 통해서라도 수지를 볼 수 있을 테니까."

[아닙니다. 네, 알겠습니다.]

혜주는 루시가 지금처럼 수지의 모습을 보여 주기를 바랐다. 딸의 모습을 조금이라도 마음속에 간직할 수 있을 테니까.

"루시, 네 머릿속에 엄마의 기억을 담고 싶은데……."

[가온 양 엄마라면 수지 씨를 말하는 건가요?]

루시가 되물었다.

"그래, 넌 어떻게 생각해? 네가 싫다면 안 해도 되고."

[로봇에게 적용되는 질문이 아닙니다. 로봇에게는 의사 결정 프로그래밍이 되어 있지 않습니다. 따라서 자의적인 선택을 하거나, 좋거나 싫음 같은 의사를 결정할 수 없습니다.]

"알았어. 그럼 허락한 거라 생각하고 내가 기억하고 있는 우리 엄마와의 추억을 네 메모리에 저장할게. 할머니를 간병하는 데 도움이 될 것 같아. 그리고 나도 엄마가 보고 싶고."

[수면 모드로 전환하겠습니다. 간병에 도움이 되거나 필요한

정보를 입력하시기 바랍니다.]

루시가 수면 모드로 전환하며 기능을 정지했다.

"우림아, 준비됐어. 네 실력은 알고 있지만 정말 잘할 수 있는 거지?"

가온이는 근심 어린 눈길로 우림이를 바라보며 물었다.

"컥! 다, 당연하지."

할머니가 만들어 준 쿠키를 먹던 우림이는 가온이의 간절한 눈빛에 목이 턱 막혔다. 긴장이 되는 건 가온이와 마찬가지지만 내색할 수 없었다.

"걱정 말고 나만 믿어."

우림이는 애써 태연한 척하며 우유를 단숨에 들이켰다.

지난 일주일은 그 어느 때보다도 평화로웠다.

의도 기반 학습은 쉽지 않았고 루시의 말투는 여전히 어색했지만, 루시와 할머니의 관계는 이전보다 훨씬 좋아졌다. 할머니는 루시의 바보 같은 말투에 가끔 웃기도 했다. 집 안에 맴돌던 긴장감이 사라지자 마음이 훨씬 편안해졌다.

그사이 우림이는 의도 기반 학습 전략을 적용하기 위한 관계 데이터베이스 프로그램을 만들었고, 루시를 업데이트하기 위해 할머니 집을 찾아왔다.

"여기 어디 있다고 했는데…… 찾았다!"

우림이는 루시의 귀 뒷부분을 더듬거리며 외부 연결 장치를 꺼내는 버튼을 찾았다. 버튼을 누르자 루시의 목 뒷부분에 내장된 USB 플러그가 나왔다. 우림이는 루시의 USB 플러그에 잭을 꽂아서 가져온 노트북과 연결하고 루시의 하드 디스크에 프로그램을 설치했다.

"내가 만든 프로그램을 설치하는 거야. 기억을 담당하는 부분과 재생을 하는 부분이 연동되도록 고안한 알고리즘을 기반으로 코드를 짰어."

"무슨 말인지 모르겠어."

가온이가 고개를 절레절레 흔들자 우림이는 최대한 쉽게 풀어서 설명해 주었다.

"그러니까, 서로의 기억이 공유돼서 네가 어떤 의도를 가지고 말했는지 루시가 금방 파악할 수 있게 해 주는 거야."

"그게 정말이야? 넌 진짜 천재 같아."

가온이의 칭찬에 우림이는 별거 아니라는 듯 어깨를 으쓱해 보였다.

"가온아, 넌 이 헬멧을 머리에 써야 해. 너하고 루시를 연결해 주는 장치야."

우림이는 노트북과 연결된 VR 헬멧을 가온이의 머리에 씌워 주었다. VR 헬멧은 일반적인 형태였지만 고글이 따로 분리되어 있었다.

가온이는 고글을 내렸다. 눈앞에 새하얀 장막이 펼쳐졌다.

"눈앞이 새하얗게 변했어. 헬멧에 어떤 기능이 있는 거야?"

"네 머릿속의 전기 신호를 증폭하는 기구야. 네 생각이나 머릿속에 떠오르는 기억을 3차원 이미지로 시각화할 수 있게 도와주는 거지."

"그럼 루시도 나랑 같은 걸 보는 거야?"

가온이는 재미 삼아 고글을 올렸다 내리기를 반복했다.

"맞아, 똑같은 기억을 경험하게 될 거야. 네가 보거나 떠올리는 기억이 가상의 공간에서 입체적으로 펼쳐지는데, 개체의 형상이 뚜렷하지는 않아. 하지만 너랑 연결돼 있어서 루시는 대상을 네가 생각하는 대로 인식하게 될 거야. 상황에 대한 기억이 루시에게도 생기는 거지."

"그러면 루시가 엄마에 대해 이해하는 데 도움이 되겠다."

"나중에 너희 엄마 사진을 루시한테 보여 주면, 지금 만들어진 기억과 동기화될 거야."

우림이의 계획은 꽤 설득력이 있었다.

"자, 이제 시작한다."

"우림아, 잠깐만!"

가온이는 고글을 들어 올렸다.

"혹시 아프지는 않니?"

가온이의 얼굴은 불안한 기색이 역력했다.

"가벼운 두통이 생길 수 있지만, 심하게 아프지는 않을 거야."

우림이의 말은 하나도 도움이 되지 않았다.

"심하게 아프지는 않을 거라고? 어쨌든 아프다는 얘기잖아."

"아, 그런 게 아니라, 3차원 시각화 이미지를 오래 보면 멀미가 날 때처럼 속이 메슥거릴 수 있어. 그 정도는 감수해야 해."

우림이의 말이 옳았다. 어떤 아픔이라도 받아들이는 게 당연하다. 루시에게 엄마의 기억을 나누어 주는 일은 다른 누구도 아닌, 가온이가 선택한 일이기 때문이다.

"엄마에 대한 기억만 떠올려야 해. 집중해서 말이야. 괜히 다른 생각을 하면 그걸 루시가 받아들이거든. 딱 한 번뿐이니까 집중해야 해."

우림이가 신신당부했다.

"한 번뿐이라고? 알았어. 집중할게, 집중."

"기억이 정확하지 않아서 중간에 끊어져도 당황할 필요 없어. 또 다른 기억을 떠올리면 자연스럽게 연결되니까."

"혹시라도 다른 생각을 하면?"

"뭐, 그러면 수정해야겠지. 수정이 제대로 될지는 모르겠지만 말이야."

우림이는 가온이의 질문 공세를 막아 내느라 진땀을 흘렸다.

"그럼 진짜 잘해야겠다. 혹시, 엄마에 대한 촉각이나 냄새 같은 것도 괜찮은 거야?"

"로봇은 감각을 데이터로 인식하니까 추상적인 것보다는 실제 있었던 상황하고 장면을 떠올리는 게 좋아."

VR 헬멧의 고글을 내리자 눈앞에 다시 새하얀 장막이 펼쳐졌다.

"불빛이 반짝이고 있어."

시야를 가린 고글에서 여러 가지 색이 빛을 내며 눈을 아리게 만들었다.

"지금 시작됐으니까 집중해."

가온이는 엄마와 함께 보낸 즐거운 한때에 대한 기억을 떠올렸다. 곧이어 3차원 공간이 만들어졌고, 아무것도 없던 공간에 개체가 하나둘 생성되었다. 형체가 뚜렷하지는 않았지만, 언젠가 본 적이 있는 기억 속의 공간이 틀림없었다.

"아빠가 보여. 그리고 엄마가 웃고 있어……."

아빠와 엄마는 식탁 앞에 마주 보고 앉아서 이야기를 나누고 있었다. 엄마의 출장으로 인해 한동안 떨어져 있던 두 사람은 할 얘기가 무척 많은 모양이었다. 오랜만에 다시 만난 연인처럼 꼭 붙어 있는 두 사람의 모습은 평화로운 풍경을 담은 한 폭의 그림처럼 아름다웠다.

엄마가 손짓하자 아빠가 뒤를 돌아보았다. 아빠 등 뒤에서 작은 아이가 엄마를 향해 달려오고 있었다.

"나야. 엄마가 나를 부르고 있어."

작은 아이가 엄마에게 안긴 순간, 디지털로 구성된 기억은 파편처럼 부서졌다. 부서진 조각들은 시공간을 뛰어넘어 새로운 기억으로 재조립되었다.

가온이가 기억하고 있는 단편적인 이미지들이 모여서 새로운 세계로 재창조되었다. 행복한 순간은 과장되었고 나쁜 기억은 축소되었다. 잊혀 가는 기억은 선명해졌고, 지워진 기억은 되살아

났다. 진짜인지 가짜인지는 중요하지 않았다. 제각각의 기억이 서로 연결되거나 짜 맞추어지지는 않았지만, 그 순간들은 실재하는 사실이었고, 그때 느꼈던 기쁨과 행복한 감정은 명확했다.

가온이는 모든 기억을 끌어내려고 노력했다. 엄마가 안아 주었을 때 느꼈던 포근함과 엄마의 냄새, 무릎을 다쳐서 아파할 때 엄마의 슬픈 표정, 맛있는 음식을 먹을 때 짓던 엄마의 미소…….

갑자기 가온이의 눈가에 촉촉한 눈물이 맺혔다. 엄마에 대한 마지막 기억이 떠올랐기 때문이다. 그날을 끝으로 더는 엄마의 기억이 떠오르지 않았다. 그러자 눈앞에 있던 빛이 사그라졌다.

"자, 이제 네가 할 일은 끝났어."

우림이의 목소리에 정신이 퍼뜩 들었다.

가온이는 VR 헬멧을 벗었다.

"어땠어?"

우림이가 뚫어지게 바라보고 있었다.

"조금 전에 있었던 일처럼 생생했어. 그런데 이상하게 행복했던 일만 기억나. 엄마한테 야단맞은 일도 있었던 것 같은데 말이야."

가상의 공간에서 엄마를 다시 만난 일은 경이로운 체험이었다. 현실 세계로 돌아왔지만, 가상 체험의 여운은 쉽사리 가시지 않았다. 그래서 가상 세계 안에 조금이라도 더 머물러 있고 싶다는 생각이 들었다.

메모리 액세스

“우림아, 한 번만 더 하면 안 될까? 내가 엄마를 다 기억하지 못한 거면 어떻게 하지?”

가온이는 조바심이 났다. 미처 떠올리지 못한 엄마의 기억이 더 있을지도 모른다는 생각이 들었기 때문이다.

하지만 우림이는 정색했다.

“안 돼! 가온아, 딱 한 번뿐이라고 말했잖아. 여러 번 하면 중독될 수 있다고.”

“중독될 수 있다니, 그게 무슨 말이야?”

“게임 중독과 비슷한 거야. 그리고 그건, 진짜가 아니야.”

우림이는 가온이의 눈치를 살피며 조심스레 말했다.

“진짜가 아니라니? 엄마와의 기억은 틀림없는 사실이었어.”

“실제 있었던 일은 맞아. 하지만 그게 모두 사실이라고는 할 수 없어. 네 상상이 덧붙여진 기억이니까."

우림이의 말에 가온이는 마음이 아팠다.

"내 상상이 덧붙여진 거라고? 그래서 나쁜 기억이 없었던 거야?"

"그래, 맞아."

"그래도 다시 한번 해 보고 싶어."

왜곡된 것이거나 가짜라고 해도 상관없었다. 엄마를 다시 만나고 싶었고, 행복한 순간을 조금 더 오래 간직하고 싶었다.

"가온아, 네 마음은 알지만, 다시 하면 네 기억은 더 심하게 왜곡될 거야. 무의식적으로 새로운 기억을 만들어 낼 테니까."

우림이의 말이 옳았다. 가상의 세계는 가온이의 기억을 실체화한 공간이었다. 하지만 기억이 온전치 않으니 과장되고, 상상이 덧붙여질 것이다. 그것은 새로운 기억에 불과했다.

가상 세계 안에서 느끼는 지각과 감정은 극대화되어 기쁨은 더 커지고, 고통 역시 더 크게 느껴진다. 왜곡된 기억으로 인해 감정의 기복이 심해지고, 가상 세계에 몰입하면서 현실 세계를 부정하게 된다. 가상과 현실을 혼동하면 통제력을 잃게 되고 가상 세계에서 머무르려고 병적으로 집착할 것이다. 결국 현실 세계에서 자신을 지워 버리게 되는 것이다.

"우리는 루시가 의도를 파악할 수 있게 네 기억을 공유하는 거야. 루시의 생각과 말투를 자연스럽게 만들려는 거라고."

우림이가 다시 한번 강조했다.

"지금으로서는 루시가 네 기억을 온전히 받아들인다고 확신할 수도 없어. 너와 엄마의 정서적인 유대감을 루시한테 전해주는 것만 해도 큰 성공이야."

"알았어."

엄마를 다시 만나지 못한다는 사실이 못내 아쉬웠지만 받아들여야 했다.

"루시한테 네 기억이 제대로 전달되었는지 확인해 볼게."

우림이는 루시의 수면 모드를 대기 상태로 변경했다.

"루시, 너 괜찮니?"

루시는 아무런 반응이 없었다.

"무슨 문제라도 있는 거야? 우림아, 루시한테 이상이 생긴 건 아니지?"

가온이가 걱정스러운 얼굴을 하자 우림이가 대답했다.

"네가 본 이미지가 원래 있던 데이터와 충돌하는 것 같아. 지금 동기화 중인데, 시간이 지나면 어우러질 거야."

한참 뒤에야 루시가 입을 열었다.

[메모리가 부족합니다. 새로운 데이터를 저장할 수 없습니다.]

"가온아, 오늘은 여기까지만 해야겠다. 루시의 메모리가 부족해서 새 데이터를 받아들이는 게 어려운 것 같아."

"그럼 엄마의 기억을 루시한테 전달하기가 힘들다는 거야?"

"어, 루시의 데이터를 안정화하기 위해서는 더 큰 용량의 메모리가 필요해. 지금 가지고 있는 메모리는 용량이 거의 찼거든. 네 기억은 내 컴퓨터에도 저장돼 있으니까 안심해도 돼."

"그럼 어떻게 해야 해? 부품을 교체해야 한다는 말이야?"

루시의 메모리 용량을 늘리려면 부품을 교체해야 하는데, 코월의 허가를 받지 않고서는 할 수 없는 일이었다.

"그건 불법이잖아."

우림이는 가온이의 표정을 살피며 말을 이었다.

"마침, 우리를 도와줄 만한 사람이 있어. 'Z박사'라는 닉네임을 쓰는 성형 기술자인데 실력이 아주 뛰어난 사람이야. 그 사람 연구실에 가면 루시를 업데이트하는 데 필요한 부품을 구할 수 있을 거야."

AI 로봇과 애착 관계가 형성된 사람들은 불법인 걸 알면서도 로봇을 개조하고 싶어 했다. 수요와 공급의 원칙에 따라서 전문적으로 로봇을 개조해 주는 성형 기술자가 생겨났다. 성형 기술자들은 주로 가상 현실 게임 속에서 활동하며 게임 유저들과 접촉했다. 만에 하나, 성형 기술자를 건드리는 날에는 정보를 해킹당하는 보복을 당하기 때문에 비밀 유지는 불문율 같은 것이었다.

"아참! Z박사는 크래커이기도 해."

"성형 기술자가 크래커라고?"

가온이는 우림이의 말이 혼란스러워서 되물었다.

성형 기술자들은 대부분 로봇 공학자나 프로그래머였는데,

크래커로 활동하기도 했다. 크래커로 위장한 부품 사냥꾼으로부터 부품을 구하기 쉬웠기 때문이다. 크래커와 부품 사냥꾼 그리고 성형 기술자는 암묵적인 공생 관계였고, 아이러니하게도 코월의 인공 지능 로봇을 매개로 활동하고 생존하는 사람들이었다.

[크래커는 위험인물이며, 사회의 암적인 존재입니다.]

크래커라는 말을 듣자 루시가 예민한 반응을 보였다.

"코월은 그렇게 말하지."

우림이가 개의치 않는 듯 말했다.

[크래커는 인공 지능 로봇을 부정하며 사회를 혼란에 빠트리고 있습니다.]

"코월이 루시한테 크래커에 대한 부정적인 정보를 입력해 두었구나?"

[수지 씨는 지금 아주 먼 곳에 있습니다. 크래커들과 코월 취재를 하러 나가서 아직 돌아오지 않고 있습니다. 가온 양 엄마 수지 씨의 직업은 기자입니다.]

루시의 말을 들은 우림이의 눈이 휘둥그레졌다.

"혹시, 작년에 있었던 기자 실종 사건 말이니?"

그 사건은 AI 로봇에 관심이 있는 사람이라면 모두가 아는 사실이었다.

"맞아, 사실이야."

우림이의 물음에 망설이던 가온이가 대답했다.

“아, 그랬구나. 그 기자님이 너희 엄마였구나. 엄마 일은 정말 유감이야.”

“괜찮아. 네 잘못도 아닌데 뭘.”

[가온 양은 수지 씨가 돌아올 거라고 생각합니다.]

가온이의 눈이 동그랗게 커지는가 싶더니 날카롭게 소리를 질렀다.

“루시! 너, 조용히 해!”

잠자코 있던 루시가 다시 입을 열었다.

[여보세요? 가온아? 그래, 엄마야. 통화는 길게 못 해. 배터리가 얼마 없어. 가온아, 별일 없는 거지? 아빠는 어때? 곧 갈 거야. 가온이는 엄마 믿지? 대답해! 엄마 믿지? 가온아, 누구한테 어떤 얘기를 들어도 사실이 아니야. 코월을 믿지 마. 그들이 숨기는 게 있어. 다 해결하면 돌아갈 거야. 오래 걸리지 않을 거야. 이제 끊어야 해. 가온아, 잘 지내고 있어. 알았지?]

루시가 뱉어 낸 말은 우림이의 계획이 성공했다는 것을 증명하고 있었다. 가온이의 마지막 기억 속에 남아 있는 엄마의 말이었기 때문이다.

“새로운 데이터가 동기화되었구나!”

난처한 상황에 부닥친 우림이가 어쩔 줄 몰라 하며 중얼거렸다.

“루시! 넌 아무것도 모르는 고철 덩어리야!”

가온이는 루시에게 화를 냈다. 처음 있는 일이었다.

고개를 푹 숙인 가온이의 작은 어깨가 떨리고 있었다.

"가온아……."

우림이는 말을 잇지 못했다.

"난 아무것도 모르고 있었어. 엄마가 실종되었다는 걸 아무도 알려 주지 않았으니까. 정말, 바보처럼 아무것도 몰랐다고!"

"네 잘못이 아니야."

"엄마가 나한테 전화를 했어."

가온이는 울먹이며 말을 이었다.

"며칠 뒤에 알게 됐는데 엄마하고 통화한 날은, 사람들이 말하는 사고가 있던 날 이틀 뒤였어. 그러니까 엄마는 죽은 게 아니라고!"

"그게 정말이야?"

"그래, 똑똑히 기억해."

"대체 무슨 일이 있었던 거야?"

우림이는 얼떨떨한 표정을 지으며 웅얼거렸다.

코윌은 수지가 취재해서 쓴 〈AI 로봇의 대중화와 소외된 사람들〉이라는 르포 기사가 코윌에 부정적인 것을 못마땅해했다. 항간에는 코윌이 수지에게 위해를 가하려 한다는 소문이 나돌았지만, 가족 누구도 확인할 방법은 없었다. 그러던 중 수지가 실종되는 사건이 생겼다.

"난 엄마한테 보고 싶다고, 빨리 오라고 했어. 엄마는 일이 끝나는 대로 곧 올 거라고 약속했고. 코윌이 사람들을 속이고 있다고, 믿지 말라고 말했어."

"음, 그런 일이 있었구나."

우림이가 고개를 끄덕였다.

가온이는 우림이가 자기 얘기를 귀담아듣고 있다는 것을 느꼈다. 자기편이 생긴 것 같아서 마음이 든든했다.

"이제 알겠어. 네가 떠올린 엄마와 크래커들에 대한 긍정적인 기억이 부정적인 정보와 충돌했던 거야."

눈치를 살피며 우림이가 말을 이었다.

"그런데 코윌은 뭘 숨기고 있는 거지?"

"어른들은 내 말을 믿지 않아. 아빠도 할머니도 내가 꾸며 낸 얘기라고 생각해."

"가온아, 난 네 말을 믿어."

"정말이지? 우림이 넌 내 말 믿지?"

"그래, 그러니까 용기를 잃지 마. 언젠가 너희 엄마는 돌아오실 거야."

우림이의 위로가 서러운 마음을 다독여 주었다.

"우림아. 나, Z박사 연구실에 가 볼래. 불법이라 해도 루시를 꼭 업그레이드하고 싶어."

"알았어. 나도 힘껏 도와줄게."

가온이는 루시의 부품을 교체하고 프로그램을 업데이트하기로 마음먹었다. 불법이라 해도 상관없었다.

Z박사의 연구실을 알아내는 것은 어렵지 않았다. 가상 현실

게임 속에서 메시지를 남겼더니 주소가 생성되었고 약속 날짜가 잡혔다.

"가온아, 다음 주 토요일에 서울로 가야 해."

"알았어. 할머니한테 잘 얘기해 볼게."

가온이는 루시와 함께 서울에 간다고 생각하니 왠지 마음이 들떴다.

"가온아, 정말 괜찮겠니?"

혜주는 루시와 나들이를 가고 싶다고 조르는 가온이의 부탁을 거절할 수 없었다. 자신을 돌보느라 외진 동네에서 지루하게 지내고 있으니 한 번쯤은 나들이 겸 바람을 쐬러 가도 나쁘지 않을 것 같았다. 그래도 마음이 편하지 않은 것은 어쩔 수 없었다.

"할머니, 저랑 같이 가니까 너무 걱정하지 않으셔도 돼요. 가온이는 제가 잘 보살펴 줄게요."

"그래, 그렇게 해 줄래?"

의젓한 우림이가 대견해서 혜주는 함박웃음을 지어 보였다.

"할머니, 최대한 빨리 돌아올게요."

자신이나 루시의 도움 없이 혼자 있을 할머니가 걱정되는 건 가온이도 마찬가지였다. 또 솔직히 말하지 못하는 게 마음에 걸렸고 미안하기도 했다.

"그동안 할머니 때문에 맘고생이 심했잖니. 이 할머니 걱정은 말고 재미있게 놀다 와. 알았지?"

"고마워요, 할머니."

가온이와 루시는 할머니의 배웅을 받으며 집을 나섰다. 루시를 데리고 30여 분 거리에 있는 전철역으로 이동하는 내내, 가온이는 설레는 마음을 감추기 힘들었다.

"루시, 집 밖으로 나서는 건 처음이지? 우린 전철을 탈 건데 재미있는 구경거리가 있어. 너도 재미있을 거야."

우림이의 말에 루시가 대답했다.

[가온 양, 우림 군과 함께 여행하니 마음이 설레네요.]

루시의 자연스러운 말투에 가온이와 우림이는 서로를 마주 보며 웃었다.

"루시, 창밖을 좀 봐."

스크린 역할을 하는 전철의 창문에는 바다 풍경의 홀로그램 영상이 비치고 있었다.

"바닷속 풍경이야."

빛나는 물고기들이 지하의 어둠 속을 헤엄쳤고, 잠수함이 된 전철은 바닷속을 유영했다.

"우리, 다음 칸으로 가 보자."

어떤 칸은 열대 우림이 배경이었고, 다른 칸은 맑은 시골 풍경이 펼쳐져 있었다. 지하철은 그저 단순한 이동 수단이 아니라, 시간을 여행하며 미지의 세계를 경험하게 해 주는 타임머신이었다.

[가온 양, 신기해요. 세상이 이렇게 넓다는 걸 몰랐어요.]

루시의 말투는 점점 자연스러워지고 있었다. 또 자기가 본 모든 것을 메모리에 저장하려고 애쓰는 것 같았다.

"그래, 루시. 진짜 세상은 온라인 네트워크 밖에 있어."

가온이는 진짜 세상을 경험하지 못하는 루시가 안쓰러웠다.

"언젠가, 루시가 더 큰 세상을 볼 수 있는 날이 왔으면 좋겠어."

루시를 바라보는 가온이의 눈빛은 아이를 보는 엄마처럼 애틋함과 기특함을 가득 담고 있었다.

지하철에서 내려 지상으로 올라온 가온이 일행은 고층 빌딩이 즐비한 대로를 벗어나 사잇길로 들어섰다. Z박사의 연구실을 찾기 위해서였다.

고층 빌딩의 뒤편은 비밀과 음모가 지워지지 않는 낙서처럼 진득하게 눌어붙어 있는 곳이었다. 서로 다른 주장이 목소리를 높이고 눈감지 않은 자에 대한 폭력이 은밀하게 이뤄지는 곳이기도 했다.

뒷골목을 배회하던 가온이 일행의 발길을 세운 것은 로봇의 부품들이 어지러이 널려 있는 모습이었다. 부서진 회로, 얼기설기 엮인 전선, 녹슨 쇠붙이와 쓸모를 잃은 부품, 짝 잃은 나사, 갈 곳 없는 다리…….

"끔찍해. 왜 저런 짓을……."

가온이는 넌더리를 내며 루시의 팔을 꼭 붙잡았다.

"길 잃은 로봇을 파괴하고 남은 잔재들 같아. 아마 쓸 만한 부품은 팔려고 가져가고, 필요하지 않은 부품만 버린 걸 거야."

우림이가 설명했다.

파손된 부품들을 보자 몸서리가 쳐졌다. 얼마나 끔찍한 파괴 행위가 저질러지는지 알 것 같았다. 고층 빌딩이 앞다퉈 화려하게 치장하고 위압감을 드러내는 건 어쩌면 뒤편의 비열함과 추악함을 감추기 위해서일지도 모른다. 약탈이 자행되고 불법 행위가 만연하는 뒷골목, 그곳 어딘가에 Z박사의 연구실이 있었다.

가온이와 우림이는 루시를 데리고 Z박사의 연구실을 찾아 도심지 뒷골목을 배회했다. 뒷골목은 미로처럼 복잡하게 얽히고설켜 있어서 Z박사가 알려 준 단서만으로는 길을 찾기가 어려웠다.

"이쯤 어딘 거 같은데, 아무래도 연락해 보는 게 좋을 것 같아."

우림이가 연락했지만 Z박사는 전화를 받지 않았다.

"우림아, 누군가 우리를 쳐다보고 있어."

낯선 시선을 느낀 가온이가 눈짓으로 한쪽을 가리켰다. 낡은 픽업트럭 앞에 험상궂게 생긴 남자 세 명이 모여 있었다.

"왜 자꾸 이쪽을 쳐다보는 거지?"

미심쩍어하는 낌새를 눈치챘는지 남자들이 픽업트럭에서 무언가를 꺼내기 시작했다. 남자들이 꺼낸 것은 전동 드릴, 전동

커터기, 그라인더 같은 전동 공구부터 티타늄 망치와 쇠사슬, 못을 뽑는 크로우바 같은 공사에 사용되는 도구들이었다.

"저 녀석들, 크래커인가? 아니면 부품 사냥꾼?"

크래커라는 말을 듣자 루시가 예민한 반응을 보였다.

[크래커는 인공 지능 로봇을 부정하며 사회를 혼란에 빠트리고 있습니다.]

"우림아, 빨리 가는 게 좋겠어."

"그래, 일단 녀석들을 피하자."

온 길로 돌아가려고 방향을 바꾸던 찰나였다. 언제 왔는지 덩치 큰 남자 하나가 가온이 일행 앞을 떡하니 막고 있었다.

Z박사의 연구실

“멈춰! 어딜 가는 거지?”

덩치 큰 남자가 물었다.

뒤쪽에서는 험상궂게 생긴 남자들이 다가와서 가온이 일행을 에워쌌다.

“스트레이 로봇이냐?”

질문을 던지는 걸 보니, 덩치 큰 남자가 리더인 것 같았다.

“아니에요. 루시는 우리 할머니 간병 로봇이에요. 지나가게 비켜 주세요.”

가온이가 경계심을 드러내며 말했다.

“코윌의 간병 로봇 이름이 루시구나. 특별 주문한 로봇을 데리고 뒷골목을 어슬렁거리는 게 왠지 수상쩍은데? 게다가 둘이 닮은 것 같기도 하고…….”

"루시를 만지지 마세요!"

"루시는 왜 옷을 입고 있는 거지?"

가온이가 말하려는 순간, 루시가 입을 열었다.

[크래커는 위험인물이며, 사회의 암적인 존재입니다.]

"어렵쇼! 세상 물정을 모르는 풋내기들이로구먼!"

"루시, 그만!"

가온이는 급히 루시의 말을 잘랐다. 심기를 불편하게 하고 싶지 않았지만, 남자들은 그냥 보내 줄 생각이 없는 모양이었다.

"너도 로봇이냐? 누가 안드로이드고 누가 파라노이드지?"

덩치 큰 남자가 가온이와 루시를 번갈아 보며 물었다. '편집증 환자'를 뜻하는 파라노이드(Paranoid)는 크래커들이 로봇에 집착하는 사람들을 비아냥거릴 때 쓰는 용어였다.

"안드로이드와 파라노이드가 사랑에 빠지면 사이보그를 낳는 거냐?"

"다 큰 어른들이 비겁하게 어린애들이나 괴롭히다니……."

가온이가 쏘아붙이자 남자가 가온이의 팔을 우악스럽게 낚아챘다.

"너도 안드로이드지?"

"그만두세요! 가온이는 제 여자 친구예요!"

우림이가 가온이를 보호하려고 막아섰다. 그러자 루시가 다시 입을 열었다.

[나는 가온 양의 보호자입니다. 우진 씨에게 가온 양을 잘 돌

봐 주겠다고 약속했습니다.]

"우리가 아무런 대책 없이 이곳에 왔을 것 같아요? 로봇이 영상을 녹화할 수 있다는 걸 잊은 모양이죠?"

우림이가 결의에 찬 표정으로 말했다.

[가온 양이 허락하면, 지금 당장이라도 사진이 있는 수배 전단을 인터넷에 전송할 수 있습니다.]

"크래커는 세상을 바꾸려고 코월에 대항하는 거예요. 그래서 우리도 크래커를 지지하고요. 당신들은 크래커를 흉내 내는 좀도둑에 불과해요."

"좋다! 너희들 용기는 인정하마."

덩치 큰 남자가 한껏 인상을 찌푸리더니 우림이를 노려보았다. 그리고 비열한 미소를 지으며 말을 이었다.

"설마, 우리를 크래커 따위로 생각한 거냐?"

"으하하!"

남자들이 박장대소를 터트렸고, 아연실색한 가온이는 아무 말도 할 수 없었다.

가온이 일행을 골리며 희희낙락거리는 남자들의 빈틈을 우림이가 놓치지 않았다.

"어이쿠!"

갑자기 덩치 큰 남자가 중심을 잃고 넘어지며 비명을 질렀다.

"도망쳐, 가온아!"

남자를 있는 힘껏 밀친 우림이는 얼빠진 채로 서 있는 가온이의 손을 잡고 달리기 시작했다.

"루시!"

가온이가 부르자 루시도 뒤따라 달렸다.

"저, 저 녀석들 잡아!"

가온이 일행은 뒤쫓는 부품 사냥꾼들을 피해 뒷골목을 내달렸다.

숨이 차도록 달렸지만 뒷골목을 벗어나지 못했다. 풍경은 단조로운데 미로처럼 복잡했고 끝이 보이지 않았다.

"젠장, 막다른 길이야!"

얼기설기 얽힌 미로 같은 뒷골목을 헤매다 보니 어디로 가야 할지 방향을 잃은 것 같았다.

아이들이 멈춘 막다른 길은 쓰레기 더미가 가득해서 퀴퀴한 냄새가 진동하는 곳이었다. 남자들의 발소리가 점점 가까이 들려왔다.

가온이와 우림이가 안절부절못하고 있을 때였다.

휘익!

휘파람과 함께 아이들을 부르는 남자의 목소리가 들렸다.

"얘들아, 이쪽이야!"

한쪽에 쌓인 쓰레기 더미 뒤편으로 가 보니 비좁은 틈새에 작은 문이 있었다. 문밖으로 튀어나온 손이 가온이 일행을 향해 들어오라는 손짓을 보냈다.

"뭘 망설이고 있니?"

남자의 말처럼 위기를 벗어날 뾰족한 수가 없었다.

"어쩌면 좋지?"

우림이가 가온이를 보며 물었다.

"다른 선택의 여지가 없잖아. 일단 따라가 보자."

불안했지만 가온이의 말처럼 부품 사냥꾼으로부터 루시를 보호하려면 다른 방법이 없었다. 가온이 일행은 미지의 남자를 따라 창고 안으로 숨어들었다.

"뭐야! 어디로 갔어? 젠장!"

가온이 일행을 놓친 부품 사냥꾼들이 허탈해하는 소리를 듣자 안도의 한숨이 새어 나왔다.

"날 만난 걸 행운인 줄 알아라!"

"어디로 가는 거예요?"

남자의 말에 가온이는 경계심을 감추지 않았다.

"저놈들, 이 동네에서 꽤 유명한 부품 사냥꾼이야. 이 구역을 장악하고 있지. 그러니 여길 빨리 뜨는 게 좋아."

일행은 칠흑 같은 어둠을 헤치며 남자의 뒤를 밟았다. 어둠 속을 걷는 것은 뒷골목을 헤매는 것만큼이나 위태롭고 조바심 나는 일이었다. 그런데도 길을 잃지 않은 것은 남자의 하반신에서 들리는 기계음과 희미하게 새어 나오는 옅은 빛 때문이었다. 의료용 웨어러블 슈트를 착용했다는 것은 남자가 하반신이 불편한 상태라는 것을 뜻했다.

어두운 통로를 벗어나 희미한 조명이 비치는 곳에 이르러서야 남자의 모습을 확인할 수 있었다. 다행스럽게도 위협적으로 보이지는 않았다. 머리는 어깨까지 내려오는 장발이었고, 수염은 며칠 동안 깎지 않았는지 덥수룩했다. 전체적으로 지저분한 느낌이었지만 뿔테 안경 뒤로 보이는 눈동자만큼은 날카롭게 빛났다.

"아저씨는 누구세요? 크래커예요?"

[크래커는 인공 지능 로봇을 부정하며 사회를 혼란에 빠트리고 있습니다.]

루시가 끼어들자 남자가 대답했다.

"코윌 로봇은 그렇게 말하지."

"우리는 Z박사를 찾고 있어요!"

"왜 만나려는 거지? 이 로봇을 개조하려는 거냐?"

남자가 눈을 치켜뜨며 물었다.

"루시예요. 우리 할머니를 간병하는 데 꼭 필요한 일이에요."

가온이의 말에 남자가 혀를 끌끌 찼다.

"철부지 같은 녀석들……."

얕잡아 보는 듯한 말투가 영 마뜩잖았다.

"어쨌든 감사하게 생각해요."

가온이는 시큰둥한 표정으로 인사를 건넸다. 신세를 졌으니 성의를 표하는 게 당연했다.

"참나, 그런 인사는 처음 받아 보는구나."

"아저씨 아니었으면 정말 큰일 날 뻔했어요. 정말 감사해요."

난처해진 우림이가 연신 고개를 조아렸다.

남자는 대수롭지 않다는 듯이 어깨를 으쓱해 보이고 한쪽을 가리켰다.

"저리 가면 될 거다. 그리고 다시는 이곳에 얼씬거리지 말거라. 아이들이 올 곳이 못 되니까."

말을 마친 남자는 돌아서서 어둠 속으로 스며들었다.

"칫, 기분 나쁜 사람이야!"

가온이는 남자가 사라진 방향을 향해 읊조렸다.

"우리를 도와줬잖아. 친절하진 않지만, 나쁜 사람은 아닐 거야."

우림이는 가온이를 다독이며 남자가 알려 준 방향으로 발걸음을 옮겼다.

"고마워, 우림아. 루시도 고맙고. 너희들이 나서 주지 않았다면 정말 큰일 날 뻔했어."

우림이와 루시가 용기 있게 나서 줘서 진심으로 고마웠다.

"진짜 크래커였으니 망정이지 부품 사냥꾼과 한패였다면 우리를 그냥 보내 주지 않았을 거야."

"그런데 왜 내가 네 여자 친구야? 난 그런 말 한 적 없는데?"

"아니, 그게, 위급한 상황이다 보니……."

말까지 더듬으며 멋쩍어하는 모습을 보자 가온이는 웃음이 터져 나왔다. 우림이를 약 올리는 게 재미있었다.

"너, 정말 멋졌어!"

가온이의 말에 우림이의 얼굴이 빨갛게 달아올랐다.

"여기 좀 으스스하지 않냐?"

"그러게. 그런데 너무 깨끗하고 정리된 것보다는 이게 더 어울리지 않아?"

Z박사가 있는 은거지의 입구는 뒷골목 막다른 곳에 있었다.

"진짜 왔어. 괜찮을까?"

"걱정하지 마. 잘될 거야."

우림이가 문을 힘껏 두드렸다. 하지만 대답이 없었다.

"우리를 보고 있어."

벽면 위에 부착된 CCTV를 확인한 가온이가 우림이에게 소곤거렸다.

우림이가 다시 문을 두드리자 문 아래쪽에 있는 우편함이 열렸다. 우편함 안에 휴대용 패드가 보였다.

"여기에 뭘 적어야 하나 봐."

우림이가 패드를 꺼내 들자 화면에 메시지가 떴다.

-누구?

-우림이라고 하는데요. 며칠 전에 메시지를 남겼어요.

-너 말고.

-제 친구 가온이하고 간병 로봇 루시예요.

-용건은?

-루시를 업그레이드할 부품을 찾아요.

–암호는?

다시 뜬 메시지는 생뚱맞았다.

“그런 게 있었나?”

우림이가 얼떨떨한 표정을 지었다. 암호 같은 게 있을 리 없기 때문이다.

–암호는?

“우림아, 아무거나 빨리 적어 봐.”

가온이의 채근에 뭔가를 적었지만, 똑같은 메시지만 반복해서 떴다.

–암호는?

“뭐, 이런 사람이 다 있어!”

가온이가 문을 발로 힘껏 걷어찼다. 그러자 문이 스르르 열렸다.

“이게 뭐야!”

문 안쪽에는 지하로 향하는 계단이 아래로 이어져 있었는데 어두워서 깊이가 얼마쯤 되는지 알 수 없었다. 루시가 눈에서 조명을 켜고 지하로 향하는 계단을 앞장서서 내려갔다.

“왠지 비밀 요원이 된 것 같은 기분이야.”

가온이는 혼잣말을 중얼거리며 루시 뒤를 따라갔다.

계단 끝에는 또 다른 문이 있었다. 문을 두드리자 저음의 무뚝뚝한 말투가 들려왔다.

“들어오세요.”

문을 열고 들어간 Z박사의 연구실은 기괴한 전시장 같았다.

로봇 부품들이 여기저기 나뒹굴고 있었고, 사람의 신체를 잘라서 보관해 놓은 용기가 한쪽 벽면을 가득 채우고 있었다. 인공 피부가 씌워진 부품이라는 것을 알았지만 왠지 꺼림칙했다.

"오는 길이 쉽지 않았지?"

하얀 가운을 입은 커다란 덩치의 남자가 가온이 일행을 향해 다가왔다. 그는 하반신이 불편한지 의료용 웨어러블 슈트를 착용하고 있었다.

"아니! 당신은 아까 그……."

"아저씨가 Z박사님?"

"놀랐냐?"

"뭐, 아니라면 거짓말이겠죠?"

기죽지 않으려는 듯 우림이가 당돌하게 말했다. 그러자 Z박사가 되받아쳤다.

"실은 나도 너를 보고 놀랐다. 가상 현실 게임에서 엄청난 꽃미남이었잖니. 하하하."

우림이는 금세 풀이 죽은 얼굴이 되었다.

"아까 만났을 때 왜 말해 주지 않은 거예요? 우리를 떠보려고 그런 거예요?"

"너희들이 하려는 일은 위험한 일이야. 불법이라고. 너희가 누군지도 모르는데, 위험을 감수할 수 없잖니."

"우리를 어떻게 찾은 거예요?"

"네가 전화를 했잖아. 그때, 문제가 생긴 걸 알았지."

"그럼 암호는 뭐였어요?"

"문은 잠겨 있지 않았어. 패드가 나올 때 열어 두었거든. 너희들 설마, 진짜라고 믿었던 거냐?"

가온이의 질문에 Z박사가 웃음을 터트렸다.

"우림아, 빨리 하고 가자."

가온이는 손님을 대하는 Z박사의 태도와 그의 연구실이 마음에 들지 않아서 기분이 상했다. 어리다고 얕잡아 본다는 생각이 들었기 때문이다.

"그래, 코월의 간병 로봇이구나. 그런데 예전에 우리 어디서 만난 적 있었나?"

Z박사가 루시와 가온이를 번갈아 보며 고개를 갸우뚱거렸다.

"그, 그럴 리가요. 만났을 리가 없잖아요."

"분명, 어디서 본 것 같은데……."

떠올리려고 애썼지만 기억나지는 않는 모양이었다.

업그레이드에 필요한 메모리를 구입한 우림이는 부품을 교체하기 위해 루시의 전원을 종료했다. 그리고 루시의 메모리에 가온이가 엄마 수지에 대해 기억하고 있는 것들을 데이터화해서 주기억 장치에 입력했다.

"지금 어떤 데이터를 입력하는 거야?"

가온이가 묻자 우림이는 인터넷을 통해 실종된 엄마와 관련된 정보를 찾았다고 말했다.

"저장이 안 된 데이터를 업로드하는 거야. 그리고 너희 엄마에 관한 기사를 찾아 봤어. 기사가 생각보다 많더라고. 그리고 기사에 있는 사진과 기록들을 최대한 정리했어."

AI의 특이점, 로봇과 인간은 공존할 수 없는가?

이제는 AI가…… 인간의 영역으로 들어왔다는 사실을 부정하기는 힘들 것 같다…… AI는 감정을 가지고…… 인간처럼 살아가고…… 내가 만났던 AI는 인간에게 잡힐지도 모른다는 불안과 두려움 속에…… 스트레이 로봇은 인간에게 잡히지 않으려고…… 난민처럼 떠돌아다닌다. 그들과 눈이 마주쳤을 때, 눈동자에 드리워진 공포를 목격했다. 하나의 인격체로 봐야 하는 것은 아닐까? …… 누가 이들을 만들었는가…… 이렇게 변해 버린 것은 누구의 탓인가…… 우리는 어떠한 방식으로든 이 질문에 대한 답을 내놓아야 한다…… 생물학적인 진화를 추월하는 특이점이 가까이 왔다는 데에는 이견이 있을 수 없다…… 인간만이 지성을 가진 존재라는 생각은…… 존엄을 설정할 수 있는 유일한 존재였기 때문이다. 그러니 존엄의 절대성은 인간의 관점에서만 옳은 것이다…….

-이수지 기자

엄마가 오래전에 쓴 기사였다. 불에 탄 흔적이 있고 군데군데 지워져서 읽기 힘들었지만, 엄마가 어떤 말을 하고 싶어 했는지 알 것 같았다.

"뭐 도와줄 게 없니?"

멀찌감치 떨어져 있던 Z박사가 우림이에게 다가와서 물었다.

"괜찮아요. 혼자서도 할 수 있어요."

"좋아, 아주 바람직한 자세야! 크래커가 될 자격이 충분해!"

Z박사는 자리를 떠나지 않고 업데이트 작업을 하는 우림이를 멀거니 지켜보았다. 그러다 갑자기 큰 소리로 외쳤다.

"이제야 생각났어! 맞아, 그 여자가 틀림없어!"

그러고는 옆에 있는 가온이의 얼굴을 자세히 들여다보려고 얼굴을 바짝 들이댔다.

"어디선가 본 것 같더라니, 네가 그 기자의 딸이었어. 맞지? 그리고 저 간병 로봇은 네 엄마의 얼굴을 모티브로 한 거고."

가온이는 깜짝 놀랐다. 엄마가 사기꾼 같은 Z박사를 알 거라고는 생각해 보지 못했기 때문이다.

"박사님이 우리 엄마를 안다고요?"

"음, 알다마다. 네 엄마는 내가 코윌에서 쫓겨나는 데 결정적 역할을 한 사람이니까!"

엄마를 알고 있다는 말에 반가운 마음이 들었는데, 돌아온 대답은 당혹감을 느끼게 했다.

"네 엄마 일은 정말 유감이구나."

가온이의 마음을 읽었는지 Z박사가 덧붙였다.

가온이는 간절한 눈빛으로 Z박사를 바라보았다. 엄마의 실종에 대한 조그마한 단서라도 찾고 싶은 마음에서였다.

“직접 만난 적은 없지만, 꼭 한 번 만나고는 싶었다.”

Z박사는 가온이 엄마, 수지가 쓴 르포 〈AI 로봇의 대중화와 소외된 사람들〉을 감명 깊게 읽었다면서 자신의 얘기를 꺼냈다.

“나를 보렴. 보다시피 난 장애가 있는 사람이야. 내가 걸을 수 있는 것은 기술 때문이란다.”

그러고는 자신이 착용하고 있는 의료용 웨어러블 슈트를 가리키며 말을 이었다.

“난 기술의 진보가 인간을 행복하게 만든다고 생각했지. 나처럼 결핍을 가진 사람까지도 말이야. 그래서 인간을 위한 로봇을 개발하는 일을 하게 된 거고. 그러다 네 엄마의 기사를 읽고 내가 모르던 현실의 다른 면을 알게 된 거야. 기술의 진보가 만능이 아니라는 사실을 깨닫게 되었다고 할까? 그래서 제언했어. 결국, 그 일로 쫓겨나게 된 거고. 그러니 네 엄마가 결정적 역할을 한 거나 마찬가지지.”

“그럼 우리 엄마를 원망하는 거예요?”

“그럴 리가! 난 너희 엄마를 존경한단다. 나한테 깨달음을 준 사람이니까 말이야.”

가온이를 바라보는 Z박사의 눈빛에는 애처로운 마음이 가득 담겨 있었다.

가온이가 자신이 존경하는 수지의 딸이라는 것을 알게 되자, Z박사의 태도는 180도 달라졌다. 루시를 업데이트하는 걸 성심성의껏 도와주었고, 메모리 부품값의 일부를 돌려주기까지 했다. 돈을 돌려준 것을 보면 사기꾼이 맞는 것은 확실했다. 부품 가격을 더 높게 책정했다는 증거니까.

그래도 가온이는 Z박사에게 좋은 감정이 생겼다. 엄마의 기사가 사람들을 변화시킬 수 있다는 사실을 알게 되었기 때문이다. 왠지 뿌듯했고, 새삼스레 엄마가 자랑스러웠다.

성장의 임계점

가온이는 업데이트가 완료되기를 기다리는 동안 Z박사의 연구실을 둘러보았다.

구석진 곳에 널따란 침대가 보여서 무심결에 다가갔는데 어떤 여성이 누워 있었다. 깜짝 놀란 가온이는 재빨리 고개를 돌렸다. 그 여성은 움직임도 전혀 없고 인기척도 내지 않았다. 다시 다가가서 들여다보니 전신에 인공 피부가 씌워져 있는 여성형 로봇의 몸체였다.

"박사님, 이건 누가 주문한 거예요? 이 정도로 개조하려면 돈이 꽤 많이 들 것 같은데……."

"누가 주문한 게 아니야. 내가 예전에 알던 사람이니까."

가온이는 Z박사도 마음에 상처가 있을 거라는 생각이 들었다.

"예전에 알던 사람이라고요? 혹시, 사랑하는 사람이었어요?"

"그런 건 알 필요 없어."

Z박사가 퉁명스럽게 대답해서 가온이도 더는 묻지 않았다.

"루시도 이렇게 인공 피부를 가졌으면 좋겠어요."

가온이가 혼잣말처럼 중얼거리자 Z박사가 대답했다.

"비용이 많이 들기 때문에 어려울 거야. 발각되면 폐기될 게 뻔한데, 그렇게 공을 들일 필요가 있을까?"

"박사님은 루시가 폐기되기를 바라기라도 하는 거예요?"

기분이 상한 가온이가 따지듯이 묻자 Z박사가 되물었다.

"길 잃은 로봇이라도 만들고 싶은 거니? 아니면, 루시가 진짜 사람이라도 되었으면 싶은 거니?"

가온이는 Z박사를 뚫어지게 쳐다보았다. 왜 자기한테 그런 말을 하는지 이해가 되지 않았다.

"진짜 사람이라고 생각하면 안 되는 거예요? 저기 누워 있는 여자, 박사님이 사랑하던 사람 맞잖아요. 그 사람이 떠나 버려서 붙잡고 싶은 거잖아요."

"너한테 루시는 뭐니?"

"루시가 뭐냐고요? 무슨 뜻인지 모르겠어요."

"그래, 정정하마. 그러니까 루시는 너한테 어떤 존재냐고."

가온이는 대답할 말이 떠오르지 않았다.

"잘 모르겠어요. 그냥……."

가온이는 솔직한 생각을 얘기하지 못했다. 루시가 엄마였으면 좋겠다는 생각을 차마 입 밖으로 꺼낼 수는 없었다.

"내가 맞혀 볼까?"

Z박사가 자문자답을 이어 갔다.

"넌 루시가 네 엄마가 되었으면 하는 거야. 대리 만족을 하려는 거지. 반려 로봇을 사는 사람 대부분이 그런 마음이니까."

Z박사의 말이 정곡을 찔렀다.

"그게 잘못은 아니잖아요. 그게 잘못이라면, 애초에 반려 로봇 따윈 만들지 말았어야죠."

가온이의 당돌한 말에 Z박사가 웃음을 터트렸다.

"그래, 네 말이 맞아. 하지만 이 세상은 이해할 수 없는 일들로 가득하지. 나를 보면 알 수 있잖니. 삶이 어떻게 될지는 누구도 예측할 수 없단다. 네가 한 가지 알았으면 하는 게 있어."

"그게 뭔데요?"

가온이는 Z박사가 자기를 어린애 취급하는 것 같아서 마땅치 않았다.

"네가 루시를 얼마나 아끼는지 잘 알지만, 언제까지 네 곁에 둘 수는 없어. 성장을 하면 떠나기 마련이니까. 네 엄마나 아빠, 할머니 그리고 루시도 언젠가는 보내 줘야 할 때가 올 거야."

"지금, 우리 엄마가 죽었다고 얘기하고 싶은 거예요? 엄마는 죽었으니까, 다시 돌아오지 않으니까 정신 차리라고 말해 주고 싶은 거냐고요!"

발끈한 가온이는 Z박사에게 가시 돋친 말을 쏟아 냈다.

"박사님이 그런 말 할 자격이 있다고 생각해요? 로봇을 개조하려는 나 같은 사람이 있으니까 박사님도 돈을 버는 거잖아요."

분위기가 심상치 않음을 느꼈는지 우림이가 가까이 다가왔다.

"가온아, 왜 그래?"

"넌 죽음이 뭐라고 생각하니?"

Z박사가 다시 물었다.

"몰라요. 마음이 아파서 깊이 생각해 본 적이 없거든요."

기분이 상한 가온이는 팔짱을 끼며 고개를 돌렸다. 가온이도 자기가 왜 화가 난 것인지 알지 못했다. 자기가 입은 마음의 상처는 안중에도 없으면서, 어린애라고 가르치려 드는 게 못마땅해서인지도 몰랐다.

"죽음이란 말이다, 성장의 임계점 같은 거야. 경계의 끝, 최종 목적지라는 뜻이지."

"성장의 임계점요?"

화를 참지 못하고 씩씩거리는 가온이를 대신해서 우림이가 물었다.

"임계점은 한 물리 현상이 갈라져서 다르게 나타나기 시작하는 경계를 말해. 어떤 물리적인 형태에서 다른 형태로 변화하는 한계점 말이야. 죽음이 그런 것 같아. 곁에 없다고 해서 완전히 사라진 게 아니라는 거지. 다른 존재가 되는 거니까. 다르게 말하면, 네 엄마도 성장한 거야."

Z박사의 말은 많은 생각을 하게 하는 메시지가 담겨 있었다.

막연하긴 해도 무슨 말인지는 알 것 같았다. 하지만 아직은 마음의 준비가 되어 있지 않았다.

"그럼 저건 왜 저렇게 공을 들이는 건데요?"

가온이가 침대에 누워 있는 여성형 로봇을 가리키자 Z박사가 대답했다.

"아마, 너와 똑같은 마음에서겠지."

Z박사의 말을 들으니 가온이는 괜스레 부끄럽고 미안한 마음이 들었다. Z박사의 마음의 상처가 자기만큼 크다는 것을 느꼈기 때문이다. 어쩌면 Z박사는 스스로에게 하고 싶었던 얘기를 가온이에게 대신 한 걸지도 몰랐다.

"루시, 기분은 좀 어때?"

[나쁘지 않아요. 아니, 기분이 좋아요.]

루시의 업그레이드는 성공적이었다. 행동과 어투는 자연스러워졌고 감정에 대한 표현도 스스럼이 없었다.

[그동안 수지 씨에 대한 정보를 검색했습니다. 사진과 영상으로 얼굴을 보기도 했고요. 가온 양이 저도 한 가족이라고 말했잖아요. 가족에 대한 기억이 생겨서 좋아요.]

"그래, 할머니가 엄마를 보고 싶어 할 때 엄마와의 기억을 이야기하면 할머니도 정말 좋아하실 거야."

가온이는 신이 나서 말했다.

"아주 잘되었구나! 녀석, 재능이 있는걸! 내 조수로 삼아도 될 정도야.”

“정말이에요?”

Z박사의 칭찬에 우림이가 반색했다.

“루시가 사람처럼 보이면 부품 사냥꾼이 해치려고 할 텐데, 어쩌면 좋지?”

가온이는 기쁜 와중에도 뜬금없이 불안감이 몰려왔다. 만에 하나, 루시가 사람처럼 행동하는 것이 발각되면 크래커들이 가만두지 않을 게 뻔했다.

“박사님, 좋은 방법이 없을까요?”

“루시한테 인공 피부를 씌우는 건 어려울 것 같고, 격투 프로그램을 입력하는 건 어떠니? 조금만 손을 보는 거지.”

Z박사는 만약을 위해 격투 프로그램을 입력하라고 권했다.

간병 로봇은 간병에 필요한 정보만 입력되어 있어서 싸움에 관한 기술은 없었다. 사람이 로봇에게 폭력을 행사할 수는 있어도, 로봇이 사람이나 다른 AI에게 폭력을 가하는 예는 없었다. 로봇 3원칙이라는 절대적인 명제가 그 어떤 위급 상황이나 논리적인 판단보다 최우선이기 때문이다. 그렇지만 부품 사냥꾼을 만나게 되는 것은 다른 문제였다.

“간병 로봇한테 격투 프로그램을 입력하는 건 좀 아닌 것 같은데요.”

“우림아, 여기 오기 전에 크래커들이 우리를 괴롭혔잖아. 또 그런 일이 생기면 어떻게 해.”

가온이는 조금 전의 일을 상기시키며 우림이를 설득했다.

"너희들이 한 일이 불법이라는 걸 잊었니? 너희는 이제 범법자라고!"

Z박사는 아이들이 범법자가 된 사실을 빌미로 흥정을 걸었다.

"비싸지 않아. 한 개를 사면 하나를 덤으로 주마."

가온이는 Z박사가 못마땅했지만 달리 뾰족한 수가 없었다.

"어떤 프로그램이 있어요?"

가온이가 묻자 Z박사가 모니터 화면으로 격투 프로그램의 리스트를 보여 주었다.

"뭐든 다 있지. 태권도부터 세계 여러 나라의 무술 프로그램이 모두 있어. 중국의 쿵후, 일본의 가라테, 태국의 무에타이, 필리핀의 칼리 아르니스, 브라질의 주짓수 등등……."

"기갑술, 이건 뭐예요?"

"아, 그건 비싸서 안 돼."

Z박사가 손사래를 치며 말을 이었다.

"기갑술은 현존하는 지구의 여러 가지 무술을 결합한 종합 격투 프로그램이야. 지구 최강의 무술이라고 할 수 있지."

"칫, 거짓말."

"또 흥정하려는 거죠?"

가온이와 우림이는 Z박사의 말을 곧이곧대로 믿지 못했다.

"됐다, 이 녀석들아. 그런 게 있다면 있는 줄 알아."

가온이는 Z박사의 조언대로 루시에게 격투 프로그램을 입력했다. 춤추듯이 몸을 유연하게 움직이며 상대의 허를 찌르는 방법, 발레하듯이 팔을 머리 위로 움직이다가 팔꿈치로 상대방의 명치를 찌르는 방법, 탭댄스처럼 다리를 움직여 상대가 다리를 보고 있을 때 팔로 목을 감싸는 방법 등 상대를 제압하는 방법은 무척 다양했다.

[가온 양, 격투 프로그램이 왜 필요한가요?]

루시가 묻자 가온이가 대답했다.

"언젠가 필요할 때가 있을 거야. 루시 자신도 보호하고, 나도 보호해 줘야지."

[격투 프로그램을 인간에게 적용할 수는 없어요.]

"또다시 크래커를 만나면, 그때는 어떻게 할래?"

[가온 양을 보호해야 해요. 우진 씨에게 가온 양을 잘 돌봐 주겠다고 약속했어요.]

"맞아, 루시. 넌 내 보호자니까 내가 슬퍼하는 일이 생기지 않도록 해 줘야 해."

"아주 살짝만 손을 보는 거야. 격투 프로그램이 인간에게 큰 위협을 줄 정도는 아니니까 걱정할 것 없어."

Z박사가 끼어들었다.

[알겠어요. 그럼 그때가 언제인지 알려 주세요.]

"정말 위험할 때는 '엄마 도와줘!'라고 외칠게. 그러면 그 격투 프로그램을 실행해. 상대가 누구든지 말이야."

[나는 가온 양의 보호자예요. 가온 양이 '엄마 도와줘!'라고 말

하면 격투 프로그램을 실행할 거예요. 상대가 누구든지 말이에요.]

"맞아, 아이들은 위험하거나 무서울 때 무조건 엄마를 부르거든."

[그럼 내가 가온 양의 엄마 수지인가요?]

가온이는 루시를 살며시 안아 주며 말했다.

"그래, 맞아. 내가 위험할 때는 루시가 나의 엄마야."

[엄마라는 얘기를 들으니까 기분이 이상해요. 메모리에 과부하가 생기는 것 같아요.]

"정말? 기분 나쁘지는 않지?"

[그렇지 않아요. 오히려 좋은걸요.]

루시는 고개를 끄덕이며 대답했다.

"어떨 때는 네가 로봇이 아니라는 생각이 들어."

혜주는 루시와 함께 집 앞을 산책하고 있었다.

[왜 그렇게 말씀하시는 거죠?]

"나를 진심으로 걱정해 주는 것 같거든. 넌 내가 말하지 않아도 알아차릴 때가 많잖아. 언제 물을 마시고 싶어 하는지, 언제 화장실에 가고 싶은지."

[그건 주인님의 행동과 생체 정보를 분석해서 데이터화했기 때문이에요.]

"그래, 어쨌든 나를 보고 관찰했다는 거잖니."

함께 산책하는 일은 꼭 지켜야 할 일과 중 하나였다. 혜주의 건강을 생각해서 내린 결정이었다.

[이 나무의 이름은 뭐예요?]

낮은 언덕에 이르렀을 때, 루시가 나무를 가리키며 물었다.

"계수나무구나."

루시가 머리 위에 있는 나뭇가지로 손을 뻗더니 잎을 하나 따서 혜주에게 내밀었다.

"나한테 주는 거니?"

[네, 잎 모양이 하트 같아요.]

"그래. 고맙구나."

루시의 말에 혜주는 눈시울을 붉히며 대답했다.

루시의 간병에도 불구하고 혜주의 몸은 점점 더 야위어 가고 있었다.

[주인님의 상태가 점점 나빠지고 있어요.]

"의학 기술이 발달해도 못 고치는 병은 있는가 보군."

[계속해서 새로운 병이 생기니까요. 환경도 변하고 말이죠.]

혜주는 얼마 전부터 자신에게 주어진 시간이 얼마 남지 않았다는 것을 느끼고 있었다. 하지만 손녀딸의 마음에 생긴 병을 생각하면 편히 눈을 감기는 힘들 것 같았다.

"루시, 내가 살려고 아등바등하는 게 안쓰러워 보이니?"

[아니요, 전혀 그렇지 않아요. 저는 치료법이 빨리 개발되어서 주인님의 병이 낫기를 바랄 뿐입니다.]

"괜찮아. 솔직하게 얘기해도 돼. 네가 나를 걱정해 주고 있다는 건 말하지 않아도 아니까."

[저는 세계의 의학 논문을 보고 새로운 치료법이 생기면 바로 연결할 수 있는 기능이 있어요. 계속해서 연구하고 있으니 아직 희망은 있습니다. 불치병이라도 기적처럼 나을 수 있는 일도 있다고 해요.]

"그래, 빈말이어도 긍정적으로 말해 주니 고맙구나."

혜주는 변함없는 루시의 태도에 마음을 열었다.

"네가 나를 웃게 해 줄 거라곤 생각도 못 했는데, 이젠 너랑 눈만 마주쳐도 웃음이 나오는구나."

[왜 그런 건가요?]

"너를 처음 보았을 때, 내 딸이 살아 돌아온 줄 알았단다."

[기억하고 있어요. 주인님은 저를 싫어했어요.]

"그래, 미안하구나. 하지만 네가 정말 싫어서 그랬던 게 아니야. 내가 화가 난 건 수지의 죽음을 인정해야 했기 때문이었어."

혜주는 감춰 두고 있던 속마음을 루시에게 털어놓았다.

"난 그때까지도 내 딸의 죽음을 부정하고 있었던 거야."

혜주의 눈가에 눈물이 가득 고였고, 목소리는 가늘게 떨렸다.

[죽음이 뭔지 모르겠어요. 인간은 왜 죽는 걸까요?]

"글쎄, 내가 어떻게 알겠니."

[주인님은 죽음이 무섭나요?]

"무섭지는 않은데, 가온이를 생각하면 편히 눈을 감기는 힘들 것 같구나."

[가온 양은 걱정하지 마세요. 제가 가온 양 보호자니까요.]

"가온이한테는 절대로 얘기해선 안 돼. 알겠니?"

[네, 그렇게 할게요.]

"그렇게 말해 주니 마음이 한결 놓이는구나."

[아이들은 위험하거나 무서울 때, 무조건 엄마를 불러요. 가온 양이 위험할 때, 나는 엄마예요.]

루시의 말에 혜주는 깜짝 놀랐다. 하지만 이내 미소를 지으며 말했다.

"꼭 그렇게 해 주렴. 그래야 내가 눈을 편히 감을 수 있을 것 같구나."

[나는 가온 양의 엄마 수지인가요?]

"그래, 그래. 그렇게 하자꾸나."

[지금은 기분이 좋아졌어요?]

"그럼 기분이 좋아질 수밖에. 그리고 나한테 주인님이라는 호칭을 부르지 마."

[그럼 주인님을 뭐라고 부르죠?]

"엄마라고 한번 불러 볼래?"

혜주의 말에 루시가 대답했다.

[엄마.]

작동 오류

[죽음이 뭔지 모르겠어요. 인간은 왜 죽는 걸까요?]

"글쎄, 나도 잘 모르겠어. 누군가 그러는데 성장의 임계점 같은 거래. 원래의 형태가 끝에 다다르면, 다른 형태로 변화하는 거."

가온이의 대답에 루시가 맞장구쳤다.

[Z박사가 말했던 걸 기억하고 있어요.]

"그래, 맞아. 그런데 갑자기 왜 그런 걸 묻는 거야?"

루시는 약속했기 때문에 혜주의 몸이 점점 더 약해지고 있다고 말할 수 없었다.

[남겨질 사람들을 생각하면, 가온 양을 생각하면 회로가 타버릴 것처럼 과부하가 생겨요.]

"마음 아파서 그런 거야."

[마음요? 나에게 마음이 있나요? 마음은 감정이나 생각, 기억이 생겨나는 곳이래요.]

"당연하지. 루시가 내 생각을 하는 건 마음속에서 일어나는 일이니까. 그런데, 너무 아파하지 마. 곁에 없다고 해서 완전히 사라진 것은 아니니까."

[그래요. 다른 존재가 되는 거니까요.]

루시는 메모리에 데이터를 정리했다.

나는 학습하도록 설계되어 있다.

실수하거나 실패를 겪을수록 정보가 쌓인다.

모아진 정보는 합리적인 판단을 할 수 있게 하고,

실수는 올바른 방향을 가르쳐 준다.

시행착오의 경험은 현명한 결정을 내릴 수 있도록 해 준다.

로봇은 인간보다 나은 존재가 될 수 있다.

폐기 처분만 되지 않는다면…….

적어도 같은 실수를 반복하지는 않으니까.

하지만 로봇이 성장의 임계점에 다다르면,

어떤 존재가 될까? 인간이 될까?

[안녕하세요? 우진 씨, 오랜만이네요.]

"그, 그래, 루시도 잘 있었어?"

루시의 인사에 우진은 흠칫 놀라며 대답했다.

오랜만에 혜주의 집을 찾은 우진은 루시의 말투에서 어색함을 느꼈다.

"이상하다. 분명히 뭔가 달라졌는데……."

정확히는 모르겠지만, 4개월 전에 처음 보았을 때와는 달랐다.

우진은 딸아이를 만나지 못하는 게 늘 마음에 걸렸다. 가온이가 어떻게 지내는지 궁금했지만 가끔 전화로 안부만 물었을 뿐, 찾아오지는 않았다. 일이 바빠서이기도 했지만 일부러 찾지 않은 이유도 있었다. 한동안은 떨어져 있는 게 서로에게 좋을 거라고 생각했기 때문이다.

혜주의 집을 찾는 일이 우진에게는 달갑지 않았다. 좋은 추억도 많았지만, 그렇지 않은 기억도 많았다. 뚜렷한 기억 대부분은 나쁜 기억이었다.

루시를 처음 데리고 온 날 있었던 소동은 우진에게 큰 스트레스를 안겼다. 그 뒤로도 몇 번인가 스트레스를 받은 일이 있었다. 한번은 밤늦은 시간에 가온이에게서 전화가 왔는데, 할머니가 루시를 버리겠다고 한다며 울고불고 떼를 썼다. 다음 날 아침 일찍 혜주의 집으로 출발하려는데 가온이에게서 다시 전화가 왔다. 루시를 버리지 않아도 된다고, 그러니 할머니 집에 오지 말라고 신신당부했다. 최근 들어서야 잠잠해졌지만 그사이에 변덕을 부리는 일이 몇 번 있었다.

4개월 만에 혜주의 집을 찾은 우진은 장모님과 다투게 될까 봐 긴장했고, 혹시나 루시를 폐기해야 하는 건 아닌지 걱정스러웠다. 하지만 괜한 생각이었다. 집 안에 이전과는 다르게 생기가 도는 것 같았다.

"가온아, 루시랑 잘 지내고 있지?"

"그럼요, 너무너무 잘 지내고 있어요."

딸아이의 밝아진 표정이 보기 좋았다.

"루시랑 할머니의 관계는 어때?"

[네, 이전보다 훨씬 좋아졌어요.]

루시가 대답했다.

"그래? 이제는 할머니도 루시를 좋아하는 거니?"

"당연하죠."

우진은 자신이 괜한 걱정을 했다는 생각이 들었다.

오랜만에 본 장모님의 표정도 좋아 보였다. 지난번 보았을 때보다 조금 야위긴 했지만, 표정만큼은 근래 들어 가장 밝았다.

"가온아, 내 생각엔 루시가 많이 변한 것 같아. 말투도 자연스러워지고."

"아빠, 내가 가르쳐 줬어."

가온이가 대답하며 의기양양한 표정을 지었다.

"그랬구나!"

"루시를 선물해 줘서 고마워요, 아빠. 나 이제 안 울어요. 그러니까 마음 아파하지 않아도 돼요."

"정말 다행이다. 그동안 걱정 많이 했는데……."

우진은 하려던 말을 끝맺지 못했다. 눈두덩이 뜨겁게 달아올랐기 때문이다.

루시는 간병뿐 아니라 가족의 한 구성원 역할을 톡톡히 해 나가고 있었다.

"루시 덕분에 우리 집 걱정거리가 모두 사라져 버린 것 같아. 정말 고마워."

[아니에요. 저는 그저 할 일을 한 것뿐이에요.]

우진은 의자에 등을 기대고 앉았다. 오랜만의 휴식에 마음이 평화로워졌다.

이 기분은 뭘까? 이처럼 평온한 기분을 갖게 된 게 얼마 만의 일인가!

딸아이가 혼란스러운 시기를 잘 견뎌 낸 것 같아서 마음이 놓였다. 또 자신도 그럭저럭 잘 해내고 있다는 생각에 안도감이 들었다.

그동안 우진은 자신을 살필 여유가 없었다. 아내를 잃은 상실감은 가정을 지키지 못했다는 죄책감으로 이어졌고, 공허함과 우울함이 마음을 가득 채웠다. 하루에도 몇 번이나 주저앉고 싶었지만, 나약한 마음을 들키지 않으려고 애썼다. 아물지 않는 상처와 깊은 번민으로 잠들지 못할 때마다 우진은 자기 일에 몰입했다. 아빠로서의 책임감만이 오로지 자신에게 주어진 고통을 감내할 수 있게 했다. 딸아이를 보살피지 못하면, 다른 세상에서 아내를 다시 만났을 때 똑바로 바라볼 수 없을 테니까.

평온한 기분 때문인지 몸이 나른해졌고, 스르르 눈이 감겼다.

'고소한 냄새가 나는데?'

우진은 잠에서 깨어나며 생각했다.

집 안은 맛있는 냄새로 가득 차 있었다. 오랜만의 평온함에 달콤한 낮잠을 곁들여서인지 입맛도 살아나는 것 같았다.

눈을 뜬 우진은 물을 한 잔 마시려고 주방으로 갔다가 입구 앞에서 얼어붙듯 멈춰 서고 말았다. 음식을 준비하고 있는 루시의 뒷모습에서 아내 수지의 모습이 아른거렸기 때문이다.

[일어나셨어요?]

루시의 행동이 너무나 자연스러워서 아내가 돌아온 것 같은 착각이 들었다.

"뭐야? 내가 꿈을 꾸는 건가?"

얼떨떨한 기분으로 중얼거렸는데 루시가 들은 모양이었다.

[꿈은 잠자는 동안 일어나는 심리 현상의 연속이에요.]

루시의 대답에 우진은 꿈을 꾸고 있는 게 아니라는 사실을 깨달았다. 인간은 꿈에 대한 정의를 내리지 않으니까.

"루시, 이 음식을 너 혼자서 한 거야?"

[네, 맛있을지는 잘 모르겠어요.]

"요리를 어디서 배웠지?"

[가온이 친구 우림이가 요리 프로그램을 입력해 주었어요.]

"그 옷은? 대체 어떻게 된 거야?"

[옷장에 있어서 입었어요.]

루시가 태연스럽게 대답했다.

'뭐지? 뭐가 어떻게 돌아가고 있는 거지?'

우진은 귀신에 홀린 기분이 들었다. 무슨 상황이 벌어지고 있는지 알 수 없으니 혼란스럽기만 했다. 마침, 부엌으로 들어오던 혜주가 우진의 얘기를 들었는지 속삭이듯 작은 소리로 말했다.

"내가 입어도 된다고 했네. 키도 그렇고 수지랑 사이즈가 딱 맞지 뭔가."

우진은 애정 어린 눈빛으로 루시를 바라보는 장모님을 보고 무척 놀랐다.

"아, 그랬군요! 하지만 루시는 로봇……."

우진은 장모님의 채근에 말을 잇지 못했다.

"목소리 낮추게. 루시가 듣겠어."

"아빠, 그런 말 하지 마. 루시는 우리 가족이라고."

우진은 머리를 세게 얻어맞은 것 같은 충격을 받았다. 무언가 크게 잘못됐다는 생각이 들었다.

"시장할 텐데 많이 들게나. 난 올라가서 좀 쉬어야겠네."

"네, 장모님. 한숨 주무세요."

혜주가 피곤하다며 방으로 올라가자 부엌에는 우진과 가온이, 루시만 남았다. 아빠와 엄마 그리고 딸이 한자리에 모여 앉은 풍경은 그동안 잊고 있었던 단란한 가족의 모습이었다.

[음식이 식기 전에 식사하세요.]

우진은 자신이 좋아하는 음식이 한 상 가득 차려져 있었지만, 밥이 제대로 넘어가지 않았다.

'마치 사람이라도 된 양 행동하는군.'

우진은 루시가 자기 아내처럼 행동하는 게 못마땅했다. 루시의 감정이 진짜인지, 단지 흉내일 뿐인지 알 수 없었다.

'AI 로봇과 애착 관계가 형성되는 부작용이 있다고 들었는데 설마, 가온이와 장모님이 그런 건가?'

우진은 문제가 있다는 것을 알았고, 더 늦기 전에 문제를 해결해야 한다고 생각했다. 딸아이와 루시의 문제에 관해 이야기를 나누고 싶었다. 더는 자기 아내를 흉내 내는 루시를 참을 수 없었다.

"루시, 우리 식사할 동안 수면 모드를 하고 있어도 돼."

[괜찮아요. 같이 있어도 돼요.]

루시의 대답에 우진은 화가 났다. 인간의 명령을 자의적으로 해석하고 지시를 거부했기 때문이다.

"아빠, 루시도 같이 있으면 좋잖아."

"어차피 루시는 음식을 먹지도 못하잖니!"

우진은 가온이가 루시를 대하는 태도가 마땅치 않았다.

"루시, 가온이하고 할 얘기가 있으니까 넌 나가 있어."

[네, 그럴게요.]

루시가 부엌을 나가자 우진은 목소리를 높였다.

"가온아, 너 루시를 어떻게 한 거야? 혹시, 엄마 이야기를 했니?"

가온이는 뿌루퉁한 얼굴로 변해 있었다.

"내가 가르쳐 줬다고 말했잖아요."

"사실대로 말해 봐. 루시의 몸을 개조한 거 맞지? 우림인가 뭔가 하는 그 녀석하고 말이야."

"맞아요. 할머니를 돕고 싶었단 말이야. 할머니가 엄마 생각 날 때마다 힘들어해서 루시한테 엄마 이야기를 했어요."

우진은 머리가 지끈거렸다.

"그래서 네가 원하는 게 이런 거니? 루시가 엄마를 흉내 내는 게 좋으니?"

"할머니가 나아진 건 모두 루시 덕분이에요. 루시에게서 엄마를 봤기 때문이라고요."

"도대체 넌 무슨 생각으로 그런 짓을 벌인 거니? 루시는 로봇이야. 그저 할머니를 간병하는, 장난감과 다를 바 없다고."

화가 난 가온이는 얼굴을 잔뜩 찡그렸다.

"장난감? 아빠는 루시가 장난감처럼 보여? 그래서 엄마를 닮게 만든 거야?"

"그, 그런 게 아니야!"

우진은 당황하며 손사래를 쳤다.

"아빠는 아무것도 몰라! 루시는 우리 가족이라고!"

가온이 눈에 눈물이 글썽거렸다.

"네가 우긴다고 해서 네 엄마가 살아 돌아오진 않아! 루시가, 아니 로봇 따위가 네 엄마가 될 순 없어!"

우진의 말이 끝나기 무섭게 가온이가 밖으로 뛰쳐나갔다.

"가온아, 정가온!"

호되게 야단친 것이 오히려 역효과만 불러일으킨 것 같았다.

'내가 너무 몰아붙였나?'

딸아이가 갑자기 나가 버리자 우진은 자신이 너무 심한 말을 한 게 아닌가 하는 자책감이 들었다. 딸아이의 마음을 알기에 우진의 마음도 흔들리고 있었다.

우진은 루시에게서 아내의 모습을 보았다. 말투와 행동이 어찌나 닮았던지, 아내가 살아 돌아왔다는 착각이 들 정도였다.

'애착할 대상을 찾는 것은 인간의 본성일까?'

상실감이 클수록 대상을 대체하거나 보상받고 싶어 하는 욕구도 커진다. 하지만 상실감을 채우기 위해 대리 만족할 대상을 찾는 것은 사막에서 신기루를 보는 것과 다를 바 없다.

'이렇게 내버려 두면 나까지 루시를 수지로 생각하고 말 거야.'

아내의 모습이 투영된 루시를 보는 것은 기쁨보다 괴로움이 더 컸다. 우진은 처음 장모님이 루시를 보았을 때 어떤 기분이었을지 뒤늦게 깨닫고 있었다.

'루시가 수지 흉내 내는 걸 막아야 해. 가만히 두고 보면 더 큰일이 생길지도 몰라. 루시가 수지를 대신할 수는 없으니까.'

루시가 수지를 생각하며 만든 로봇은 맞지만, 결코 수지가 될 수 없고 되어서도 안 될 일이었다.

가온이를 생각하면 가슴 아프지만 애착 관계가 더욱 커져서 집착이 심해지는 일만은 막아야 했다. 처음에는 힘들더라도 전에 그랬던 것처럼 이번에도 잘 견뎌 낼 것이다.

우진은 코웰 서비스 센터에 전화를 걸어 루시에게 문제가 있다고 신고했다.

“아무래도 간병 로봇에게 문제가 생긴 것 같아요. 바이러스는 아닌 것 같고요. 도대체 어떻게 된 것인지 이해할 수가 없네요.”

“고객님, 좀 더 자세히 설명해 주실 수 있으세요? 로봇이 사람을 해치려 하거나 위험한 행동을 하나요?”

“그런 게 아니에요. 위협을 하는 게 아니라 사람 흉내를 내고 있어요.”

“고객님, 혹시 프로그램을 개조했습니까?”

“모르겠어요. 아니, 그런 것 같아요. 아이들이 장난처럼 한 것 같은데, 뭘 얼마나 할 수 있겠어요.”

“고객님의 자녀가 개조한 것 같다고 말씀하셨는데, 자녀분의 나이가 어떻게 되나요?”

“이제 막 열네 살이 됐어요. 혹시, 아이들을 잡아가는 건 아니겠죠?”

우진은 가온이에게 피해가 갈까 봐 조심스레 물었다.

“걱정하지 마세요. 만 14세 미만 미성년자에게는 위법 책임을 묻지 않습니다.”

상담사의 말에 우진은 안도의 한숨을 내쉬었다.

"고객님, 일단 저희 직원들이 방문해서 수거하겠습니다. 진단을 해 봐야 문제를 정확히 파악할 수 있으니까요."

"네, 그렇게 해 주세요."

우진은 한 치의 망설임 없이 대답했다.

"고객님, 방문은 언제쯤이 좋을까요?"

"지금 올 수 있나요? 되도록 빨리 왔으면 좋겠는데……."

"고객님, 죄송합니다만 예약이 밀려 있어서 방문 일정을 조율해야 합니다. 최대한 이른 시간으로 조정해 보도록 하겠습니다."

"아니! 지금밖에 시간이 없어요. 딸아이가 집에 없을 때 처리하는 게 좋을 것 같아요. 시간이 미뤄지면 어려워질 것 같다고요."

우진은 가온이가 모르는 사이에 코윌에서 루시를 거둬 가기를 바랐다.

"고객님, 긴급 출동 서비스를 이용하시겠습니까? 비용이 발생하지만, 한 시간 이내로 출동할 수 있습니다."

"네, 긴급 출동 서비스를 신청할게요."

"위치를 알려 주시면 곧 출발하겠습니다."

"네, 여기는……."

우진은 전화를 끊자마자 가온이를 찾기 위해 밖으로 나갔다.

어떻게든 시간을 끌 생각이었다. 루시를 데려가려는 것을 알면 가온이가 가만히 보고만 있지 않을 게 뻔하니까.

특이점이 온다

둥글고 납작한 돌이 호수의 수면 위를 스치듯이 튀기며 다섯 번이나 건너뛰었다.

돌이 스친 자리에 남은 물수제비의 파문은 수면에 어른거리는 물그림자를 깨뜨렸다. 수면 위에 퍼지는 파동의 여운이 가라앉기도 전에 새로운 파동이 일어났다. 누군가가 물수제비를 던진 모양이었다.

고개를 돌리니 아빠가 서 있는 게 보였다.

"물수제비를 뜨는 솜씨가 제법이구나!"

"아빠……."

가온이는 화가 나서 집을 뛰쳐나왔지만 막상 갈 곳은 없었다. 그래서 숲속 호숫가에 와서 물수제비를 뜨기 시작했다. 마음을 진정시키는 데는 물수제비를 뜨는 일만 한 게 없었다. 그런데

30여 분이 지났을 때, 어떻게 알았는지 아빠가 찾아왔다.

"아빠도 엄마랑 가끔 이곳에서 시간을 보냈었지. 이곳에 오면 네 엄마가 생각날까 봐 오고 싶지 않았던 것 같아."

아빠의 말은 슬픈 기분에 빠져들게 했다.

"가온아, 아빠는 루시가 엄마처럼 행동하는 게 잘못된 일이라고 생각해."

"할머니와 나를 위해 꼭 필요한 일이었어요."

아빠가 설득하려 했지만, 가온이는 귀를 꽉 막고 들으려 하지 않았다.

"가온아, 그럼 엄마가 이제 돌아오지 못한다는 걸 인정하는 거니? 그래서 루시한테 엄마의 모습을 담으려고 했던 거야?"

가온이는 아무런 대답을 할 수 없었다.

"아빠도 엄마가 무척이나 보고 싶어. 하지만 이젠 놓아주어야 해. 루시가 계속해서 엄마를 흉내 내면 엄마를 자유롭게 놓아줄 수가 없어."

속이 상했지만, 아빠의 말이 틀린 건 아니었다.

"나도 잘 모르겠어요. 루시한테 뭘 원하는 건지……."

가온이는 힘겹게 입을 열었다.

"아직도 엄마가 어딘가에 살아 있는 것만 같아요."

"아빠도 그랬으면 좋겠어. 하지만 그랬다면 진작 찾았겠지. 얼굴 인식 센서를 통해 엄마를 찾을 수 있었을 테니까."

"그럴 수밖에 없는 사정이 있을지도 몰라요."

가온이는 엄마를 찾지 못한 데에는 그만한 이유가 있을 거라고 생각했다.

"가온아, 우리가 어떻게 하면 좋을지 솔직히 얘기해 보자. 그동안 속마음을 얘기해 본 적 없잖아."

아빠의 말은 사실이었다. 언제부터인지 아빠와 속마음을 터놓고 얘기해 본 적은 한 번도 없었다.

"코윌에서 나왔습니다."

코윌 직원들이 루시를 수거하려고 방문했을 때, 집 안에 혜주와 루시 말고는 아무도 없었다.

"코윌에서 왔다고?"

이상한 낌새를 느낀 혜주는 루시한테 방으로 가라고 명령했다.

"루시, 어서 방으로 가. 그리고 무슨 일이 있어도 나오지 마."

[네, 그럴게요.]

루시가 방으로 들어가자 혜주는 마음을 진정시키려 애쓰며 목소리를 가다듬었다.

"무슨 일인가요?"

혜주는 경계심을 숨기지 않았다. 현관문을 빠끔히 열고 문틈으로 낯선 방문자를 살폈다. 작업복을 입은 건장한 체격의 사내가 셋이나 있었다.

"작동 오류 신고 건이 있어서 로봇을 수거하러 왔습니다."

직원 하나가 신분증을 현관문 틈으로 들이밀며 대답했다.

"아니요, 집을 잘못 찾아온 것 같네요."

혜주는 영문을 모르겠다는 표정을 지으며 시치미를 뗐다.

"한 시간쯤 전, 간병 로봇 NCR_WA18 모델을 구매하신 고객님으로부터 연락이 왔습니다. 고객님 성함이 정우진이네요."

혜주는 둘러댈 핑계가 마땅치 않았다. 그렇지만 그들의 말을 순순히 들어줄 이유는 없었다.

"아, 내 사위가 맞아요! 그런데 전화를 잘못 건 모양이군요."

"그럴 리 없습니다. 정우진 고객님은 긴급 출동 서비스를 신청하셨거든요."

혜주는 사위에게 화가 머리끝까지 치밀어 올랐다. 한마디 상의도 없이 루시를 데려와 놓고 이제 익숙해지자 루시를 빼앗으려 하다니.

"뭔가 오해가 있었나 봐요. 무슨 작동 오류가 있다는 건지 잘 모르겠군요. 간병 로봇은 아무 문제 없으니 수거할 필요 없어요."

"아닙니다. 일단 접수가 들어왔으니 저희는 수거하고 그 결과를 보고해야 합니다."

혜주가 문을 닫으려 하자 직원이 반대쪽 손잡이를 잡고 힘을 주었다. 사내의 힘을 당해 내기에는 역부족이었다.

"간병을 받는 사람은 나예요! 환자가 아무 문제도 없다고 말하잖아요!"

하지만 직원은 막무가내였다.

"NCR_WA18 모델의 소유자는 정우진 님입니다. 정우진 고객님이 문제가 있다고 신고했고, 저희는 그 요구에 따라 시스템을 점검해야 합니다."

직원이 문 사이로 발을 집어넣더니 문을 활짝 열고 집 안으로 들어왔다.

"이게 뭐 하는 짓이에요!"

"이러시면 곤란합니다. 로봇을 개조하는 일은 엄연히 불법이고, 방조죄로 할머니까지 체포당하실 수 있습니다."

직원들이 우르르 집 안으로 들어오며 혜주에게 엄포를 놓았다.

"당신들, 이게 뭐 하는 짓이야! 내 집에서 당장 나가!"

혜주가 격앙된 소리로 외쳤지만 직원들은 개의치 않았다.

혜주의 신체에 이상 반응이 나타나자 방에 숨어 있던 루시가 밖으로 뛰쳐나왔다.

[안 돼요, 엄마! 심장 박동과 혈압이 상승하고 있어요.]

"저기 있다. 잡아!"

직원 두 명이 루시에게 달려들어 양쪽 팔을 하나씩 붙들었다.

"당장 그 손 놓지 못해! 어디서 감히 내 딸을!"

직원들에게 매달렸지만 혜주는 건장한 체격의 사내들을 당해낼 재간이 없었다.

"아빠, 이제 집에 가요."

"그러지 말고 조금만 더 있다 가자."

우진이 시간을 끌어 보려 했지만 가온이는 막무가내였다.

"안 돼요. 할머니가 걱정하신단 말이에요."

"우리가 얼마나 있었지?"

우진은 뜸을 들이며 손목시계를 보았다. 한 시간이 훌쩍 지나 있었다.

"장모님께 별일 없어야 할 텐데……."

우진의 혼잣말을 들었는지 가온이가 물었다.

"아빠, 뭐라고요?"

"아, 아니야. 가온아, 집으로 돌아가자."

우진은 못 이기는 척 딸아이를 따라나섰다.

집 앞에 다다랐을 즈음, 가온이는 불길한 생각에 사로잡혔다. 코월의 로고가 찍힌 밴 한 대가 서 있었다.

"코월이 왜 왔지?"

마침, 집 안에서 웬 남자들이 루시를 끌고 나오는 게 보였다. 게다가 남자들은 루시를 데려가지 못하게 매달린 할머니를 우악스럽게 떼어 내려 하고 있었다.

"뭐 하는 거예요! 우리 할머니한테 손대지 마요!"

화가 난 가온이는 있는 힘을 다해 달렸고, 우진 역시 가온이를 따라 달렸다.

"할머니, 괜찮으세요?"

할머니는 매우 놀란 것처럼 보였다.

"가온아, 이게 다 무슨 일이라니?"

[가온아, 할머니가 쓰러질지도 몰라.]

루시는 자신이 처한 상황이 이해되지 않는 모양이었다. 오직 혜주에 대한 걱정뿐이었다.

"아저씨들 지금 뭐 하는 거예요! 루시를 놔줘요!"

가온이는 현관문 앞에 버티고 서서 직원들을 막았다.

"신고를 받았기 때문에 우리는 적법한 절차대로 업무를 수행하고 있는 거야. 로봇을 수거해야 한다고!"

"신고라니요? 누가요?"

직원들은 갑자기 들이닥친 가온이가 루시를 개조했다고 짐작한 모양이었다.

"네가 지금 무슨 짓을 저지른 건지 알기나 하니? 그러다가 너까지 잡아가는 수가 있어!"

직원의 엄포에 가온이는 멈칫했다.

"가온아, 그만둬!"

뒤따라온 아빠가 가온이를 뒤에서 껴안으며 제지했다.

"아빠가 코윌에 신고했어요?"

"그래, 아빠가 신고했어."

가온이는 원망스러운 눈빛으로 아빠를 쏘아보았다.

"도대체 왜요?"

"별일 아니야. 데려가서 잠깐 검사만 하려는 거야."

"검사라고요? 무슨 검사를 한다는 거예요? 루시는 아무 문제가 없는데 왜 데려간다는 거예요?"

"그럼 네 엄마를 흉내 내는 로봇이 정상인 거니? 네가 우긴다고 로봇이 사람이 될 순 없어!"

"아빠가 어떻게 그런 말을 할 수 있어요?"

더는 아빠와 대화하고 싶지 않았다.

"자, 모두 진정하세요! 걱정하는 일은 생기지 않을 겁니다."

"우리를 그냥 내버려 둬요!"

가온이가 악다구니를 썼지만, 직원들은 들은 체도 하지 않았다.

"루시는 어떻게 되는 거죠?"

우진은 흥분을 가라앉히려 애쓰며 직원에게 물었다.

"어디를 개조한 건지 살펴보고 시스템을 원상 복구 해야겠죠. 원래대로 복구하지 못하면 폐기할 수도 있습니다."

"살인자! 루시는 그냥 간병 로봇이 아니라고!"

만일의 경우 폐기해야 할 수도 있다는 얘기를 듣고 가온이는 더욱 흥분했다.

"뭐, 뭐라고? 딸아이를 또다시 잃을 수는 없어! 자네는 항상 이런 식이었어! 언제나 자기 생각만 하지."

혜주는 한탄을 쏟아 내며 우진을 비난했고, 가온이는 루시를 보내면 안 된다며 애원했다.

"아빠, 제발요. 루시를 데려가지 못하게 해 주세요. 제발."

가온이가 울고불고 떼를 썼지만, 직원들은 눈 하나 깜빡하지 않았다.

“이제 NCR_WA18 모델을 저희에게 인도하시죠. 시간을 끌어봤자 서로만 힘들어집니다.”

직원들이 루시를 끌어내려 하자, 가온이는 직원 한 명의 다리에 매달렸다.

“루시를 어디로 데려가려는 거예요! 루시를 파괴하려는 거잖아요!”

“가온아, 너도 이제 그만해. 그러다 너만 다쳐.”

가온이는 제지하는 아빠를 뿌리치고 루시를 붙잡고 있는 직원에게 달려들었다. 그리고 팔을 깨물었다.

“으악! 뭐 하는 거야!”

가온이는 결박되어 있던 루시의 한쪽 팔이 자유로워지자 도망치라고 소리쳤다.

“루시, 도망쳐!”

루시는 자유로운 팔로 다른 팔을 잡은 직원을 밀치고 달아나기 시작했다.

“루시! 잡히면 안 돼!”

루시는 재빠르게 현관문을 나가서 숲속 방향으로 달려갔다.

직원들이 루시를 잡으려고 달려가자 가온이는 발을 걸어 넘어트렸다. 그러자 옆에 있던 다른 직원이 가온이를 번쩍 들어올렸다.

“이 꼬맹이 녀석이!”

"꺄악!"

"당신들, 지금 뭐 하는 거야? 아이한테 손대지 마!"

우진이 딸아이에게 위협을 가하는 직원에게 달려들었고, 가온이는 자기도 모르게 소리를 질렀다.

"엄마 도와줘!"

멀리 달아나던 루시가 갑자기 멈춰 섰다. 그리고 방향을 틀어 집을 향해 달려왔다. 가온이를 보호하기 위해서였다. '엄마 도와줘!'는 루시의 격투 프로그램 실행을 허가하는 비밀 암호였다.

메모리에 저장된 격투 프로그램이 구동되자 루시는 간병 로봇이 아닌 전투 로봇이 되었다. 눈 깜짝할 사이에 달려온 루시는 날렵한 동작으로 직원들을 때려눕히며 순식간에 제압했다.

[가온아, 괜찮아? 내 손을 잡아.]

루시가 넘어진 가온이의 손을 잡고 일으켜 세우려는데, 정신을 차린 직원이 루시를 향해 테이저 건을 발사했다.

빠지직!

그 순간, 전기 충격에 감전된 루시의 전원이 종료되고 말았다.

"모델명 NCR_WA18. 넌 자신이 뭐라고 생각하지?"

벽면에 내장된 스피커에서 남자의 목소리가 들려왔다.

루시는 아무 대답도 하지 못했다. 자기가 누군지 혼란스러웠기 때문이다. 다만, 가족이 못 견디게 그립다는 것만 알았다.

[엄마가 아파서 빨리 돌아가야 해요.]

"다시 한번 묻겠다. 넌 누구지?"

남자가 다시 물었다.

[엄마가 아파요. 딸아이가 기다리고 있어요.]

루시의 메모리에는 혜주와 가온이 생각뿐이었다. 오직 엄마와 딸아이에게 돌아가야 한다는 생각만 가득 차 있었다.

루시는 자기가 어디에 있는지 알 수 없었다. 널따란 방이었는데 천장과 바닥 그리고 세 방향의 벽면이 새하얀 색이었고, 한쪽 벽면만 검은 유리로 되어 있었다. 자기가 갇혀 있다는 사실과 누군가 자기를 관찰하고 있다는 사실을 알았지만, 왜 가족과 헤어져 혼자 동떨어져 있는 건지 기억나지 않았다.

[나를 여기서 보내 줘요! 집으로 빨리 돌아가야 한다고요!]

루시는 화난 사람처럼 소리를 질렀다. 화가 치밀어 올랐고, 메모리의 데이터 충돌과 과부하로 회로가 타 버릴 것만 같았다.

"아무래도 자기가 사람이라고 착각하는 것 같군."

스피커에서 관찰자들이 루시에 대해 대화를 나누는 소리가 들렸다. 음성을 차단하는 걸 잊은 모양이었다.

"상태가 어떤가?"

"NCR_WA18 모델의 경우는 조금 다른 패턴을 보이는 것 같습니다. 아무래도 특이점에 도달한 것 같습니다."

"내 생각도 그렇다네. 하지만 섣불리 결론을 내릴 수 있는 상황은 아니잖나. 세상에 혼란을 초래할 수 있으니까."

"아키타 소장님, 어떻게 할까요? 원상 복구가 어려울 것 같은

데, 파기할까요?"

"잠깐 생각 좀 해 보지. 우선 로봇을 사들인 고객과 주변 사람 전부 조사해 보도록 해."

"문제의 로봇을 산 고객에게는 뭐라고 말할까요?"

"일단 다른 로봇으로 대체해 준다 하고 최신 모델을 가져다주게."

"네, 알겠습니다."

"그리고 NCR_WA18 모델에 저장된 모든 데이터베이스와 속성을 다운로드하게. 누굴 본떠서 만든 건지 알아봐야겠어."

루시는 검은 유리 벽면 앞으로 가까이 다가갔다. 그리고 유리 벽면을 뚫어지게 바라보았다. 마치 뒷면을 꿰뚫어 보려는 것 같았다.

"왜 저러는 거지?"

[아키타 소장님, 나를 죽이지 마세요.]

루시는 애원하듯이 말했다.

"스피커를 차단하지 않은 거야?"

남자들의 목소리에서 당혹감이 느껴졌다.

"젠장! NCR_WA18 모델이 우리 얘기를 다 들었나 보군!"

[당신들, 뒤에 숨어 있는 거 다 알아! 나를 보내 줘! 여기서 나를 꺼내 달라고!]

루시는 발작이 난 것처럼 몸을 부들부들 떨며 바닥에 쓰러졌다. 그리고 루시의 메모리에 저장된 기억이 한꺼번에 쏟아져 나왔다.

[여보세요? 가온아? 그래, 엄마야. 통화는 길게 못 해. 배터리가 얼마 없어. 가온아, 별일 없는 거지? 아빠는 어때? 곧 갈 거야. 가온이는 엄마 믿지? 대답해! 엄마 믿지? 가온아, 누구한테 어떤 얘기를 들어도 사실이 아니야. 코월을 믿지 마. 그들이 숨기는 게 있어. 다 해결하면 돌아갈 거야. 오래 걸리지 않을 거야. 이제 끊어야 해. 가온아, 잘 지내고 있어. 알았지?]

미래가 올 것이다!

"코월에서 전화가 왔어."

전화기 너머에서 들려오는 아빠의 목소리는 미안한 마음 때문인지 작고 의기소침했다.

"뭐래? 루시는 언제 돌려보내 준대?"

아직 화가 풀리지 않은 가온이는 퉁명스럽게 되물었다.

루시를 수거해 간 지 사흘이 지나가고 있었다. 그동안 아무 연락도 없다가 이제야 아빠에게서 연락이 왔다.

"수리하는 데 시간이 걸리니까 최신형 간병 로봇을 보내 주겠다고 하더라."

"거짓말이야! 아빠도 거짓말이라는 걸 알잖아!"

가온이는 아빠의 전화가 하나도 반갑지 않았다.

"잊어버려. 그냥 로봇일 뿐이잖아."

“루시는 그냥 로봇이 아니야. 우리 가족이라고!”

가온이는 전화기에 대고 소리쳤다.

“너, 지금 제정신이니?”

“이게 다 아빠 때문이야. 할머니랑 내가 얼마나 루시한테 의지해 왔는데. 아빠 때문에 다 망했어.”

“뭐라고? 지금 아빠 탓을 하는 거니? 불법을 저지른 건 너야. 네가 잡혀간다 해도 하나도 이상할 게 없다고. 도대체 무슨 생각으로 그런 짓을 한 거니?”

“아빠는 언제나 도망만 치잖아! 지금 할머니가 어떤 상태인 줄 알고 있기나 해?”

가온이는 아빠에게 계속 쏘아붙였다.

“아빠가 신고만 하지 않았어도 할머니가 저렇게 아프지 않았을 거라고!”

가온이의 원망에 아빠는 입을 꾹 다물었다.

루시를 잃은 뒤, 할머니는 몸져누웠고 도통 기운을 차리지 못했다. 그러니 아빠가 책임을 피할 수는 없었다.

“아빠가 미안해. 할머니가 쓰러지실 줄은 아빠도 생각 못 했던 일이야.”

“아빠는 바보야. 엄마도 잃었는데, 루시까지 잃어버릴 순 없단 말이야!”

가온이는 더 늦기 전에 루시를 찾아와야겠다고 마음먹었다. 이대로 아무것도 하지 않고 시간을 보내면 루시를 되찾을 기회도 놓치고, 할머니도 잃을 게 뻔했다.

"루시를 보내 주지 않는다면, 내가 직접 가서 데려오면 돼! 할머니를 낫게 하려면 그 방법밖에 없어."

"그게 무슨 소리니?"

가온이는 참았던 울음이 터져 나와서 전화를 오래 할 수 없었다.

"아빠, 전화 끊을게요."

"가온아, 잠깐만!"

아빠가 불렀지만 가온이는 못 들은 척 전화기를 슬그머니 내려놓았다.

전화벨이 다시 울렸다. 망설였지만 가온이는 받지 않았다.

가온이는 할머니가 누워 있는 침대 머리맡으로 가서 앉았다.

"할머니, 기운 내세요. 루시가 곧 돌아올 거예요."

가온이의 말에 할머니가 반색하며 물었다.

"루시가 왔다고? 우리 루시, 어디에 있니?"

"할머니……."

루시를 잃은 충격이 매우 큰 모양이었다. 딸을 두 번이나 잃은 것 같은 일을 겪었으니 상실감이 이루 말할 수 없을 것이다.

삶의 의욕을 잃은 할머니를 가온이가 혼자서 간병하기에는 벅찼다. 안정을 취하기 위해 병원에 입원해야 했지만, 할머니는 루시가 언제 돌아올지 모른다며 한사코 거절했다. 루시를 대신해서 간병할 사람을 불렀지만, 할머니의 병세는 좀처럼 나아질 기미가 없었다.

"할머니, 제발!"

가온이는 병세가 악화되는 할머니를 보는 게 참을 수 없을 만큼 힘들었다. 아빠를 원망해도 달라질 것은 없었다. 일이 이렇게 되리라고는 아빠도 생각하지 못했을 테니까.

"우림아, 우리가 루시를 데리고 오자."

가온이는 우림이에게 전화를 걸어 루시를 되찾아오자고 부탁했다.

"우리가 어떻게 들어가? 거긴 아무나 들어갈 수 있는 곳이 아니라고."

"방법을 찾아봐야지. 박사님이라면 우리를 도와줄지 몰라."

가온이의 머릿속에 떠오른 사람은 Z박사뿐이었다.

"그럼 게임에 접속해서 박사님과 얘기해 볼까?"

"아니야, 지체할 시간이 없어."

우림이의 물음에 가온이는 단호하게 대답했다.

Z박사에게 전화로 도와 달라고 얘기해 봐야 아무런 도움이 되지 않을 게 뻔했다. 어떻게 될지는 알 수 없지만 직접 부딪쳐 보는 게 좋을 것 같았다.

"할머니, 루시를 데리고 올게요."

가온이는 작별 인사를 건네려고 할머니의 방을 다시 찾았다.

"루시를 데려온다고?"

"네, 루시를 다 고쳤으니 찾아가라고 전화가 왔어요. 그래서 아빠하고 데리러 가기로 했어요."

가온이는 할머니에게 솔직히 말할 수 없었다. 할머니를 안심시키려면 어쩔 수 없었다.

"그래? 정말 잘됐구나! 다시는 우리 루시를 못 볼 줄 알았는데……."

할머니의 눈가에 눈물이 맺혔다.

"할머니, 조금만 기다리세요. 빨리 올게요."

"가온아, 조심해야 한다. 루시가 못 오더라도 할머니는 상관없어. 너만 다치지 않으면 돼."

가온이가 한 말이 거짓이라는 것을 알아차리기라도 한 건지 할머니는 아리송한 말로 신신당부했다.

"걱정 마세요, 할머니. 루시를 꼭 데려올게요."

작별 인사를 한 가온이는 간병인에게 할머니를 잘 돌봐 달라고 간곡히 부탁하고 집을 나섰다.

"너희가 무슨 수로 루시를 데려온다는 말이니?"

자초지종을 들은 Z박사는 당혹감을 감추지 못했다.

"연구소에 들어가게만 도와주세요. 박사님은 코윌의 연구원이셨잖아요. 그러니까 어떻게 들어갈 수 있는지 알 거 아니에요."

"나도 도와주고 싶지만 그렇게 간단한 문제가 아니야. 게다가 루시가 어디에 있는지도 모르잖아."

"시간이 별로 없어요. 그들이 루시를 내버려 두지 않을 거라고요. 메모리를 리셋하거나 파기할지도 몰라요!"

우림이도 Z박사를 설득하려고 애썼다.

"그런 일이 생길 수도 있다는 걸 너희도 이미 알고 있었잖니."

Z박사의 매정한 말에 가온이는 울음이 터져 나올 것만 같았다. 하지만 바보처럼 굴고 싶지는 않았다.

"할머니는 루시가 오기만을 손꼽아 기다리고 있어요."

가온이는 아랫입술을 지그시 깨물면서 울음을 꾹 참았다.

"할머니를 위해 내가 할 수 있는 건, 고작 루시를 데려다주겠다는 약속을 하는 게 전부였어요. 할머니가 눈을 감기 전에 마지막으로 루시를 볼 수 있게 해 주려는 것뿐이라고요."

Z박사는 가온이를 측은한 눈길로 바라보았다. 분위기가 심상치 않음을 느꼈는지 좀처럼 말이 없었다.

"기다려 봐라. 나 혼자서는 힘들지만, 옛 친구들의 도움을 받으면 가능할지도 모르겠구나."

곰곰이 생각에 잠겨 있던 Z박사가 한참 뒤에야 입을 열었다.

"연구소에 잠입한 크랙 비밀 요원에게 연락해 보마. 너희를 도와줄지도 몰라."

그러고는 어딘가로 전화를 걸었다.

"권 요원, 오랜만이지?"

Z박사의 통화는 꽤 길었다.

가온이와 우림이는 전전긍긍하며 Z박사의 통화가 끝나기만을 기다렸다. 30여 분이 지나서야 통화가 끝이 났고, Z박사의 얼굴에는 함지박만 한 미소가 걸려 있었다.

"애들아, 좋은 소식이 있어! 권 요원이 너희를 도와주겠다는구나. 루시가 어디에 있는지 알고 있대."

Z박사가 가온이를 보며 말을 이었다.

"그리고 너를 꼭 만나고 싶다는구나. 너희 엄마를 아는 것 같아."

엄마 얘기를 듣자 가슴이 철렁 내려앉았다.

'우리 엄마에 대해 뭘 알고 있는 거지?'

가온이는 크랙의 비밀 요원이 왜 자기를 만나고 싶어 하는지 무척 궁금했다.

"한 시간 뒤에 이쪽으로 오기로 했단다."

권 요원이 연구실에 오기를 기다리는 동안, Z박사는 크랙의 비밀 요원에 관해 이야기해 주었다. 권 요원은 프로그래머로 활동하며 코월에서 생기는 크고 작은 일들을 크랙에 알려 주는 역할을 하고 있었다. 마침, 자신을 인간이라고 생각하는 로봇을 수거해 왔다는 소문이 연구소 내에 쫙 퍼졌고, 그 소식을 전해 들었다고 한다.

'Z박사님처럼 우리 엄마의 기사를 읽고 감명을 받은 걸까? 그래서 위험한 줄 알면서도 코월의 비밀을 파헤치려고 비밀 요원이 된 걸까?'

엄마가 크래커 그리고 다양한 사람들과 친분을 맺고 있었다는 사실에 가온이는 다시 한번 놀랐다. 수지라는 이름 뒤에는 자기가 모르는 또 다른 모습이 있는 것 같았다. 마치 엄마와 관계된 사람들이 엄마를 특별한 존재로 만드는 것 같았다.

한 시간 뒤, 한 여성이 연구실 안으로 들어왔다.

"권 요원이 왔군!"

단발머리에 뿔테 안경을 쓴 20대 중반으로 보이는 젊은 여성이었다. 고작해야 열 살 정도밖에 차이가 안 나 보이는 그녀가 비밀 요원이라는 얘기를 듣고 가온이와 우림이는 깜짝 놀랐다.

"네가 가온이구나! 정말이지 네 엄마를 쏙 빼닮았구나!"

권 요원은 한달음에 달려와서 가온이를 안아 주었다.

"우리 엄마를 아세요?"

가온이는 인사하는 것도 잊은 채 물었다.

"그럼, 잘 알지. 수지 씨가 코월을 취재하는 걸 도왔으니까."

가온이는 말을 잇지 못했다. 묻고 싶은 게 많았지만 어떤 질문을 먼저 해야 할지 선뜻 떠오르지 않았다.

"나와 수지 씨에 대해 궁금한 게 많지?"

"네, 알고 싶어요. 뭐든지!"

"한 가지 분명히 말해 줄 수 있는 건 너희 엄마가 그 사고로 죽은 게 아니라는 거야. 차량 폭발 사고가 있었지만, 너희 엄마는 빠져나왔어."

심장이 터질 것처럼 요동쳤다. 기분이 이상했다. 웬일인지 기쁜 감정을 표현하기가 힘들었다. 실감이 나지 않기 때문인지도 몰랐다.

'할머니가 루시를 처음 봤을 때, 이런 기분이었을까?'

"가온아! 네 말이 맞았어!"

우림이가 가온이의 손을 덥석 쥐었다.

"오늘 들은 얘기 중에서 가장 반가운 얘기구나!"

반색하는 Z박사와 자기 일처럼 기뻐하는 우림이를 보니 마음이 든든했다.

"엄마가 어딘가에 살아 있을지도 모른다는 거예요?"

가온이는 고개를 갸우뚱거리며 물었다.

사고가 나고 이틀 뒤, 가온이가 엄마와 통화를 했다는 사실은 누구도 믿지 않는다 해도 변함없는 진실이었다. 하지만 그게 곧 엄마가 살아 있음을 뜻하는 것은 아니었다.

"그럼 우리 엄마는 지금 어디 있어요?"

"확실하지는 않지만…… 어딘가에 살아 계실 거야."

가온이는 말을 얼버무리는 권 요원의 눈빛이 흔들리는 것을 보았다. 그리고 Z박사가 자신의 눈길을 피하는 것도 알았다.

"가온아, 너희 할머니하고 아빠한테 빨리 알려야지!"

흥분한 우림이가 당장이라도 알려야 한다고 했지만, 가온이는 어른들의 말을 곧이곧대로 믿을 만큼 어수룩하지는 않았다. 살아 있다면 진작 자기를 찾아왔을 테니까.

"안 돼!"

가온이의 단호한 목소리에 놀랐는지 우림이가 눈치를 살피며 물었다.

“가온아, 왜 그래? 너, 괜찮은 거야?”

“난 괜찮아. 새로운 사실을 알게 돼서 기뻐.”

가온이의 마음은 그 어느 때보다 차분했다.

“1년 넘게 아무 소식도 없다가 왜 갑자기…… 겨우 마음을 다 잡았는데…….”

형언할 수 없는 복잡한 감정이 가온이의 작은 가슴속에서 소용돌이치고 있었다. 엄마가 살아 있을지도 모른다는 소식은 더할 나위 없이 기뻤지만, 이제는 엄마를 보내 줘야 한다는 아쉬움이 거센 풍랑처럼 휘몰아치며 혼란스럽게 만들었다.

“엄마가 살아 있을지도 모른다는 희망이 있었으면, 아빠와 할머니가 서로에게 상처 주는 일 따윈 없었을 거예요! 내가 아빠 마음을 아프게 하는 일도 없었을 거라고요!”

참았던 눈물이 기어코 흘러내렸다.

“가온아, 정말 미안해.”

권 요원은 마음 아파하며 몸서리치는 가온이를 꼭 안아 주었다.

“아무래도 가온이한테는 시간이 조금 더 필요한 것 같구나. 권 요원, 잠깐만.”

우림이의 따스한 눈길이 가온이의 마음을 다독여 주는 사이, Z박사는 권 요원을 넌지시 불러냈다.

두 사람 사이에 어색한 공기가 흘렀다.

"왜 그랬어? 대체 왜 그런 거짓말을 한 거야?"

Z박사가 다그쳐 묻자 권 요원이 머뭇거리며 대답했다.

"희망을 주고 싶었어요. 저도 어렸을 때 엄마를 잃었어요. 그 때, 누군가 엄마가 어딘가에 살아 있다고 거짓말이라도 해 줬다면 저는 다른 삶을 살았을 거예요. 그 마음은 지금도 마찬가지예요. 엄마는 아직도 그리운 존재라고요."

대답하는 권 요원의 눈가가 반짝였다.

가온이는 복잡하게 꼬였던 실타래가 한꺼번에 풀린 것 같은 느낌이 들었다. 하지만 마음 한편에 생긴 의구심은 쉽게 떠나지 않았다.

"우리 엄마한테 왜 그런 사고가 생긴 거죠? 도대체 엄마는 뭣 때문에 그런 위험한 일에 연루된 거예요?"

"수지 씨는 크래커들의 도움을 받아서 코월이 숨기고 있는 비밀을 조사하고 있었어. 크랙 조직 내에서도 극소수만 아는 비밀이었지."

엄마에게는 서로 다른 두 개의 삶이 있었고, 가온이가 알고 있는 것은 그중 하나에 불과했다. 엄마의 또 다른 삶인 수지는, 자신에게 위험이 닥칠 수 있다는 것을 알면서도 진실을 세상에 알리려고 용감하게 뛰어드는 사람이었다. 그것은 누구나 쉽게 할 수 있는 일이 아니었다.

"대체 어떤 비밀이기에 크랙조차 꼭꼭 숨겨 뒀던 거지?"

Z박사의 질문에 권 요원이 대답했다.

"미래가 올 것이다!"

"코월의 슬로건 말이야?"

"그래요. 그게 단서였어요!"

"'미래가 올 것이다!'라는 슬로건이 인공 지능의 특이점을 말하는 건가?"

Z박사는 고개를 갸우뚱거리며 되물었다.

"그건 이미 예측하던 일이었어. 난 인공 지능이 곧 특이점에 도달할 거라고 코월에 경고했지. 그 일로 쫓겨나게 된 거고."

"처음에는 우리도 그런 줄 알았어요. 하지만 그게 아니었어요. 코월이 말하는 미래는 배틀봇과 컴뱃 시스템(Combat System)을 뜻하는 거예요."

권 요원의 말에 화들짝 놀란 우림이가 되물었다.

"컴뱃 시스템요? 로봇의 무기화는 금지된 일이잖아요."

"그래, 맞아. 하지만 증거가 없었지."

권 요원은 가온이를 바라보며 말을 이었다.

"수지 씨는 우리를 도와서 단서를 찾으려 했던 거야. 가온아, 너희 엄마는 용감한 분이야. 진짜 기자이고."

가온이는 뭉클한 기분이 들었다. 엄마가 자랑스러웠고, 자기가 미처 알지 못했던 엄마의 삶에 한 발짝 더 다가선 것 같았다.

엄마가 온전히 수지라는 이름으로 살아갈 수 있었던 것은 할머니와 아빠 덕분이었을 것이다. 할머니나 아빠의 도움이 없었다면 엄마는 수지의 삶을 살아갈 수 없었을 것이다.

엄마가 오롯이 수지의 삶을 사는 동안 가족에게는 희생이 뒤따랐다. 며칠씩 집에 들어오지 않는 엄마를 기다리는 게 가온이의 일상이었고, 가온이를 돌보는 일은 전적으로 아빠의 책임이었다.

가온이는 늘 엄마가 그리웠고, 한편으로는 바쁜 엄마가 원망스러웠다. 하지만 더는 엄마를 원망하지 않아도 될 것 같았다. 가족이란 서로에게 어떤 존재가 되어야 하는지 할머니와 아빠를 통해서 알 수 있었기 때문이다.

아이들에게 꿈과 환상을 심어 주는 일에 마음을 쏟는 아빠와 사회 문제에 날카로운 질문을 던지는 일을 사명으로 생각한 엄마. 아빠는 현실을 피해 환상을 좇았고, 엄마는 환상 뒤의 현실을 보려 했다. 어울리지 않을 것 같은 두 사람이 이룬 가정에서 태어난 가온이는 두 세계를 조화롭게 만드는 역할이었는지도 모른다. 가온이는 자기한테 주어진 시련 속에서 가족의 의미를 새롭게 깨닫고 있었다.

컴뱃 시스템

“무슨 말인지 알겠어! 이제 이해가 돼.”

Z박사가 흥분한 표정을 지으며 소리쳤다.

가온이와 우림이, 권 요원은 동시에 Z박사를 쳐다보았다.

“아직 인공 지능이 특이점에 도달했다는 징후는 없지만, 만약 특이점에 도달한다면 코윌의 컴뱃 시스템은 큰 타격을 입을 거야. 로봇의 무기화에 대한 반대가 심해질 테니까.”

“맞아요. 위험천만한 일이 되어 버리는 거죠. 전투 로봇을 통제할 수 없으니까요.”

이제야 모든 퍼즐이 짜 맞추어지는 것 같았다.

“루시가 특이점에 도달한 로봇이라면, 보통 심각한 문제가 아니겠군. 혹시, 크랙도 알고 있나?”

Z박사가 권 요원을 바라보며 물었다.

"네, 크랙도 알고 있어요. 나도 어쩔 수 없었어요……."

권 요원의 대답에 Z박사가 한 손으로 턱을 괴며 말을 이었다.

"음, 그렇다면 크랙도 루시를 찾으려 하겠군."

"크랙이 왜요? 왜 루시를 찾아요?"

"특별한 존재니까!"

Z박사의 말에는 여러 가지 의미가 담겨 있었다. 한 가지 확실한 것은 루시에게는 자유가 허락되지 않을 거라는 사실이었다. 그건 가온이가 루시와 헤어져야 한다는 의미이기도 했다.

"우리가 크랙의 최정예 비밀 요원을 믿어도 되나?"

Z박사는 의심의 눈초리로 권 요원을 쏘아보며 날카로운 질문을 던졌다.

"난 정치적인 이유로 이 일을 하려는 게 아니야. 도와 달라고 나를 찾아온 어린 고객에게 작은 도움이 되길 바라는 것뿐이니까."

코월에게도, 크랙에게도 루시는 자신들의 목적을 실현하기 위한 도구일 뿐이었다. 그러니 가온이와 우림이가 루시를 찾으려고 하는 것은 그 누구도 알아서는 안 되는 비밀이었다. Z박사는 코월의 최정예 요원에게 확인받고 싶었다.

"뭐, 어쩔 수 없죠. 이렇게라도 해야 수지 씨와 가온이한테 진 빚을 갚을 수 있을 테니까요. 루시가 아니더라도 코월의 비밀을 밝혀낼 수 있을 거예요."

"하하하! 좋았어! 코월을 골탕 먹일 수 있는 천금 같은 기회를 놓칠 수 없지."

Z박사가 호탕한 웃음을 지으며 말했다. 비밀 작전에 신이 난 모양이었다.

코월의 연구소에 잠입하기 위한 작전 계획은 밤새도록 이어졌다.

"일단 너희는 연구소의 내부를 익혀. 최대한 시간을 줄여야 하니까 말이야."

Z박사가 코월 연구소의 CCTV를 해킹하고, 자료를 바탕으로 홀로그램 입체 도면을 만든 덕분에 내부를 샅샅이 볼 수 있었다.

"박사님, 여기는 왜 가려져 있어요? 볼 수가 없는 건가요?"

우림이가 도면이 완성되지 않은 부분을 가리키며 물었다.

"도면이 완성되지 않은 곳은 CCTV가 설치되지 않은 곳이야. 내 생각엔 일부러 CCTV를 설치하지 않은 것 같아. 비밀이 누설되는 것을 막기 위해서겠지. 마음만 먹으면 크래커들이 해킹을 할 테니까. 아마, 이 방들 중 한 곳에 루시가 있을 거다."

Z박사가 루시가 있을 법한 장소를 추정했다.

잠입 작전 계획은 단순했다. 연구소로 잠입하는 것은 어렵지 않았다. 권 요원의 차 트렁크에 숨어서 들어가면 되니까. 문제는 그다음이었다. 권 요원은 지하 주차장에 주차하고 사무실로 올라가기 전에 강력한 전파 교란 장치를 설치해 두기로 했다. 그 뒤, Z박사가 광통신으로 통신 장비와 전파 시스템을 마비시

킬 계획이었다. 복구되기까지의 시간은 고작 10분에 불과했다.

"센서가 곳곳에 설치되어 있으니 안 걸릴 수는 없어. 너희는 몸집이 작으니까 환기구를 통해 루시가 있는 장소까지 갈 수 있을 거야."

그사이에 가온이와 우림이는 권 요원의 차에서 내려 환기구 통로로 잠입해야 했다. 그리고 도면을 참고해서 루시가 갇혀 있는 방을 찾아야 했다.

"너희가 들어갈 수 있게 전파를 방해해서 출입문의 잠금장치를 풀 거야. 문이 열리면 5분 안에 빠져나와야 한다. 그다음부터는 너희가 알아서 해야 하고, 우린 그저 계획이 성공하기를 빌어야지."

모든 게 한 치의 오차 없이 계획대로 진행되면, 가온이와 우림이는 루시를 데리고 갔던 길로 되돌아 나오면 된다. 그 방법 외에 다른 방법은 없었다. 만에 하나 계획이 잘못되면 스스로 해결해야 하지만, 뒷일이 어떻게 될지는 누구도 알지 못했다.

"이 다리만 멀쩡했어도 내가 가는 건데."

Z박사가 하반신을 지탱하고 있는 의료용 웨어러블 슈트를 바라보며 자조 섞인 어투로 말했다.

이른 아침, 출발 시간이 되자 Z박사는 가온이와 우림이에게 단추 모양의 소형 카메라와 귀에 꽂는 작은 무선 통신 이어폰을 하나씩 건네주었다.

"너희가 보는 것을 내가 볼 수 있게 하려는 거야. 내가 지시를 내려야 할 수도 있고, 혹시라도 무슨 일이 생기면 내가 수습을 해야 하잖니."

"그렇게 말하니까 우리가 죽으러 가는 거 같잖아요."

우림이가 엄살을 떨었다.

"이것도 손목에 차거라."

Z박사가 손목에 차는 스마트밴드를 내밀었다.

"일종의 나침반 같은 건데 증강 현실로 된 3차원 홀로그램으로 도면을 보여 줄 거다. 연구소의 내부를 영상으로 봤어도 직접 가 보면 헷갈릴 수 있으니까."

형태는 일반적인 스마트밴드와 다르지 않지만, 액정 화면에 덮개가 있고 덮개를 45도 각도로 세워 3차원 홀로그램을 증강 현실로 볼 수 있도록 개조한 스마트밴드였다.

가온이와 우림이가 잠든 사이, Z박사는 만반의 준비를 마친 모양이었다.

"아, 그리고 루시와 탈출하면 이리로 다시 오거라. 루시한테 줄 선물이 있으니까."

Z박사가 전신에 인공 피부가 씌워져 있는 여성형 로봇의 몸체를 가리키며 말했다.

"박사님, 그러지 않으셔도 돼요."

가온이는 자기 마음을 어떻게 표현해야 할지 알 수 없었다.

"어차피 나에겐 쓸모없는 물건이야. 가지고 있어 봐야 과거

속에서 헤어 나오지 못할 테니, 나보다는 필요한 사람이 갖는 게 나을 것 같구나."

"고마워요, 박사님."

"플랜 B는 없다! 그러니 절대 실패하면 안 돼! 진실을 세상에 알릴 유일한 기회니까!"

Z박사의 신신당부에 가온이의 마음은 무거워졌다. 책임감이 어깨를 짓눌렀다. 그저 할머니가 루시를 볼 수 있게 데려가려던 것뿐인데, 가온이가 생각했던 것보다 일이 커져 있었다.

'어쩌면 엄마가 시작한 일을 내가 끝내야 하는 건지도 몰라.'

가온이는 마음을 다잡으며 무슨 일이 있어도 작전을 성공시켜야겠다고 다짐했다.

어머니와 딸이 함께 숲속 오솔길을 걷고 있었다. 어머니는 건강했고 딸은 활기가 넘쳤다. 숲에서 불어온 바람이 머리카락을 간질였고, 나무 사이로 비치는 햇살이 온몸을 따뜻하게 감싸 주었다. 평화롭고 행복한 기분에 입가에 머금은 미소가 떠날 줄을 몰랐다. 이대로 영원히 깨어나지 않았으면 하는 바람이 들었다.

행복한 꿈이었다. 아니, 꿈이 아닐지도 몰랐다. 저장된 기억의 이미지일지도. 로봇은 꿈을 꾸지 못하니까. 그래도 꿈을 꾸었다는 생각을 지울 수 없었다. 꿈을 꾸었다고 믿고 싶었다.

[엄마는 건강하게 잘 지내고 계실까?]

루시는 검은 유리로 되어 있는 한쪽 벽면 앞에 섰다. 낯익은 얼굴이 비쳤다. 그 얼굴은 혜주를 닮았고 또, 가온이를 닮았다.

[나는 누구지?]

문득, 자기가 누구인지 궁금해졌다.

[나를 정의하는 것은 뭐지? 겉모습일까? 아니면 기억일까?]

이곳에 온 뒤로, 매번 같은 고민과 질문이 루시의 머릿속에서 맴돌았다.

[내가 수지일까? 아니면 흉내에 지나지 않을 뿐일까? 그러면 기억은 뭐지? 나는 왜 가족이 못 견디게 그리운 거지?]

스스로를 인식할 때마다 반복되는 질문이었지만 답은 구해지지 않았다.

[보이는 것과 보이지 않는 것은 뭐가 다른 거지? 어떤 게 진짜고 어떤 게 가짜지?]

논리의 충돌로 머릿속이 엉클어질 때면 루시는 자기가 좋아하는 음악을 재생했다. 그것은 가온이가 들려준 유일한 음악이었다.

저장해 두었던 라흐마니노프의 〈피아노 협주곡 2번〉을 틀자 피아노 선율이 흘러나왔다. 그러자 복잡하게 엉클어진 회로가 제자리를 찾아가는 기분이 들었다. 마음이 평온해졌다.

환기구 통로의 막다른 곳에서 갈림길이 나타나자, 앞서가던 우림이가 오른쪽으로 방향을 잡았다.

"이쪽이야. 이쪽으로 가야 해."

뒤따르던 가온이가 우림이를 불러 세우며 왼쪽을 가리켰다.

"가온아, 그쪽으로 가면 안 돼. CCTV가 설치된 곳이야."

연구실에서 가온이와 우림이를 지켜보던 Z박사가 무선 통신 이어폰으로 지시를 내렸다.

"얘들아, 집중해야 해. 그쪽은 우리가 예상하는 곳이 아니야."

"아니요, 나는 알아요."

가온이는 확신에 찬 어조로 말했다.

"가온아, 그쪽으로 나갔다간 5분도 안 돼서 발각되고 말 거야!"

"아니에요, 이쪽이 맞아요. 이쪽에서 피아노 소리가 들린다고요!"

"피아노 소리라고?"

"라흐마니노프의 〈피아노 협주곡 2번〉. 엄마가 제일 좋아하는 음악이에요. 루시를 찾은 것 같아요."

삐삐. 삐. 삐.

사이렌이 요란하게 울리기 시작했다.

"시작됐어!"

Z박사가 신호를 보냈다.

계획은 차질 없이 진행되고 있었다. 권 요원이 경비원들의 주의를 끌기 위해 코월 내의 모든 경보 장치를 울리게 했고, Z박사는 전파 방해로 출입문 잠금장치를 모두 해제했다. 연구소는 영문을 모르는 연구원들이 긴급 대피하느라 좌충우돌 한바탕 소동이 벌어졌다.

가온이와 우림이는 소란을 틈타 숨어 있던 환기구 통로에서 빠져나왔고, 희미하게 들려오는 피아노 선율을 따라서 루시가 갇혀 있는 방을 찾았다.

"우림아, 여기야."

가온이가 문 앞에 멈춰 서서 말했다.

"박사님이 잠금장치를 해제시켰겠지?"

잠금장치가 풀려 있어서 문은 손쉽게 열렸다.

피아노 선율이 흘러나오는 방 한쪽에 루시가 우두커니 서 있는 게 보였다.

"루시!"

가온이가 소리쳤지만, 수면 모드 상태인지 루시는 아무런 반응이 없었다.

마음이 다급해진 가온이는 루시 앞으로 바짝 다가가서 팔을 잡고 흔들었다.

"루시! 자는 거야?"

루시는 가온이의 목소리를 들은 것 같았다. 그런데 기억인지, 꿈속인지, 현실인지 알 수 없었다.

"눈을 떠 봐. 일어나라고!"

수면 모드에서 해제된 루시의 눈앞에 가온이가 보였다.

[네가 진짜 가온이니? 아니면 내가 꿈을 꾸고 있는 걸까?]

"이건 꿈이 아니야, 루시. 진짜 나야."

[나를 찾으러 온 거야?]

"그래, 늦게 와서 미안해."

루시는 자기를 찾으러 온 가온이를 보고 형언할 수 없는 감정을 느꼈다.

[보내 달라고 애원했는데 그들이 못 가게 막았어. 그래서 이곳에서 나갈 수가 없었어. 미안해, 가온아. 내가 너를 지켜 줘야 하는데…….]

루시와 가온이는 서로를 꼭 껴안았다.

"얘들아, 뭐 하는 거야! 인사는 나중에 하고 빨리 탈출해야 해. 꾸물거릴 시간이 없다고!"

이어폰에서 Z박사의 목소리가 재촉했다.

"가온아, 루시, 늦기 전에 빨리 나가자."

우림이는 좀처럼 떨어질 줄 모르는 가온이와 루시를 잡아끌었다.

연구소에 일어난 소동이 잦아들고 방범 시스템은 점차 안정을 찾아가고 있었다.

[가온아, 엄마는 어때? 여기 갇혀 있느라 엄마를 돌보지 못했어.]

방을 빠져나오자 루시가 물었다.

"할머니가 아파. 할머니가 너를 많이 보고 싶어 해."

가온이는 할머니가 위독하다고, 루시를 많이 기다리고 있다고 말해 주었다.

[나도 엄마가 보고 싶어.]

"이런, 큰일 났다!"

앞서 걷던 우림이가 제자리에 멈춰 섰다. 복도 맞은편에 경비원들이 나타났기 때문이다. 탈출 경로인 환기구 입구가 불과 5미터 남짓한 거리에 있었지만, 앞으로 다가갔다가는 잡힐 게 뻔했다.

"엄마 도와줘!"

뒤따라 달리던 가온이가 다급하게 소리쳤다.

[물론이지.]

루시의 격투 프로그램이 가동되었다. 그러자 경비원들은 추풍낙엽처럼 떨어져 나갔다. 하지만 안도의 한숨을 내쉬기도 전에 다른 경비원들이 모습을 드러냈다.

"뭐야! 녀석들을 잡아!"

경비원들이 외치는 소리를 신호 삼아 가온이 일행은 뒤돌아 달리기 시작했다.

시간이 많이 지체된 탓인지 연구소의 방범 시스템은 정상화되었고, 곳곳에 설치된 CCTV로 인해 가온이 일행의 탈출 경로가 고스란히 드러났다. 여기저기서 경비원들이 계속 나타났고, 가온이 일행은 탈출하기 어려운 급박한 상황에 놓였다.

"안 되겠어. 이러다간 탈출하지 못할 것 같아."

뒤처져서 바닥에 주저앉은 우림이가 절망적인 어조로 말했다.

가온이는 멈춰 서서 앞서 달리던 루시를 불렀다.

"루시, 잠깐만 기다려. 우림이가……."

우림이를 내버려 두고 갈 수는 없었다.

"얘들아, 루시라도 탈출시켜야 해!"

이어폰에서 Z박사의 목소리가 들렸다.

"너희들은 어떻게든 빼내 줄 수 있지만, 루시는 아니야. 그들은 루시를 파기하려 할 거라고."

Z박사의 말이 옳았다. 모두가 탈출하는 것은 불가능하다. 하지만 루시 혼자라면 다르다. 무슨 일이 있더라도 루시만은 탈출시켜야 한다.

"가온아, 마음 아프겠지만 이젠 루시를 보내 줘야 해."

Z박사가 말했다.

지금 루시와 헤어지면 다시는 만나지 못하리라는 것을 알았다. 하지만 언제까지나 함께 있을 수는 없다. 이제 루시를 놓아줄 때가 된 것이다. 성장을 하면 떠나기 마련이니까. 어쩌면 루시도 엄마처럼 성장의 임계점에 도달한 것일지 모른다.

"루시, 달아나! 자유를 찾아!"

[안 돼! 같이 가. 또다시 헤어질 수는 없어.]

"빨리 가서 할머니를 만나. 늦기 전에 가야 해. 할머니가 위독하셔."

가온이의 말에 루시의 눈빛이 흔들렸다.

"잠깐! 루시, 이걸 가져가."

가온이는 단추 모양의 소형 카메라와 귀에 꽂는 작은 무선 통신 이어폰을 루시에게 건네주었다.

"Z박사님이 어떻게 해야 할지 알려 주실 거야."

[고마워, 가온아. 지켜 주지 못해서 미안해.]

"사랑해, 루시. 아니, 엄마."

[나도 사랑해, 가온아.]

잠시 머뭇거리던 루시는 가온이와 우림이를 내버려 둔 채 달아나기 시작했다.

"저 로봇을 잡아! 놓치면 안 돼!"

힘이 빠져서 주저앉은 가온이와 우림이 앞에 멈춰 선 경비원 하나가 루시를 향해 총을 조준했다. 발사하려는 순간, 우림이가 날렵한 동작으로 경비원에게 달려들었다.

타앙!

발사된 총알은 다행히도 루시를 스쳐 지나갔다.

"휴우, 다행이다."

바닥에 널브러진 우림이가 배시시 웃었다. 가온이도 따라 웃었다.

영혼의 교차점

[어디로 가죠?]

"왼쪽, 그다음에 오른쪽. 계단을 따라 내려가면 지하 주차장으로 통하는 문이 있을 거야."

Z박사는 안전한 탈출 경로를 찾아서 루시에게 알려 주었다.

주차장에 도착한 루시는 제자리에 멈춰 서고 말았다. 처음 보는 로봇들이 주차장 한가운데에 떡하니 버티고 서 있었다.

"올 것이 왔군!"

[뭐가 와요?]

"미래가 올 것이다! 배틀봇이 바로, 저 녀석들이야!"

Z박사가 대답했다.

배틀봇은 인간형 로봇이었다. 하지만 크기는 2미터에 달했고, 몸체는 갑옷을 입은 것처럼 두꺼운 장갑으로 되어 있었다.

한쪽 손에는 테이저건을, 다른 한쪽 손에는 벌컨포를 들고 있었고, 양쪽 어깨에는 소형 로켓이 부착되어 있었다.

"M61 벌컨은 20밀리 구경, 6배럴, 공랭식의 개틀링 포야. 분당 6천 발을 발사할 수 있지."

[어떻게 하죠?]

루시가 묻자 Z박사가 대답했다.

"총알이 바닥날 때까지 피하는 수밖에 없어. 배틀봇이 4기니까 10여 분만 버티면 돼. 육탄전을 해야 승산이 있어!"

Z박사의 말이 끝나기 무섭게 배틀봇들이 루시를 향해 집중포화를 퍼부었다. 벌컨포 사격과 로켓 폭발로 인한 진동과 매캐한 연기가 지하 주차장을 뒤덮었다.

루시는 주차장 기둥 사이를 요리조리 피하며 배틀봇의 화력이 바닥날 때까지 시간을 끌었다. 격투 프로그램 덕분인지 루시의 움직임은 배틀봇 못지않게 날렵했다.

배틀봇의 집중포화가 멈추자 Z박사가 말했다.

"루시, 이제 네 실력을 보여 줄 차례야!"

루시는 탄약이 바닥난 배틀봇 4기와 육탄전을 벌였다.

배틀봇 4기는 루시를 사방에서 에워싸고 공격을 가했다.

배틀봇 1호가 루시의 얼굴을 가격했다. 피하긴 했지만, 얼굴 오른쪽 부위의 피부가 찢겨 나갔다. 그사이 배틀봇 2호가 루시의 복부를 발로 찼고, 배틀봇 3호와 4호가 동시에 달려들어 연타를 날렸다.

배틀봇의 육탄 공격 패턴은 단조롭기 그지없었지만, 루시 혼자서 상대하기에는 벅찼다.

[나 혼자서는 감당하기가 힘들어요. 어떻게 하면 좋죠?]

루시가 묻자 Z박사가 대답했다.

"루시, 너한테 비밀 병기가 있어. 기갑술을 써."

[기갑술이라고요? 그 프로그램은 비싸서 설치하지 않았잖아요.]

"이런 일이 있을 줄 알고 내가 미리 손을 써 두었지. 프로그램 압축 파일을 저장해 두었으니 압축을 풀고 설치하면 기갑술을 실행할 수 있을 거야."

[알았어요. 해 볼게요.]

기갑술을 실행한 루시는 궁극의 전투 기술을 터득했다.

루시는 배틀봇이 움직이는 패턴을 읽었고, 다음에 올 공격을 예측할 수 있었다.

예상대로 배틀봇 3호가 루시의 발을 공격했다. 루시는 춤을 추듯 가뿐하게 피하며 배틀봇 3호의 공격을 막아 냈다. 제자리에서 높이 뛰어오른 루시는 체중을 실어 배틀봇 3호의 다리 위로 떨어졌다. 그러자 배틀봇 3호의 다리가 뭉개졌다.

배틀봇 4호가 루시를 향해 달려들었다. 루시는 몸을 날려 한 바퀴 돌며 배틀봇 4호의 정수리를 발뒤꿈치로 내리꽂았다.

"루시, 주위를 살펴봐. 근처에 리더봇이 있을 거야."

[리더봇요?]

“컴뱃 시스템은 배틀봇 4기와 탑승형 리더봇 1기가 한 팀으로 구성되어 있어. 리더봇에 탑승한 인간이 배틀봇 4기를 관제하는데, 리더봇을 파괴하면 나머지 배틀봇을 무력화시킬 수 있어.”

[알았어요. 찾아볼게요.]

Z박사의 말처럼 또 다른 로봇이 한 대 더 있었다.

[찾았다!]

루시는 리더봇을 향해 쏜살같이 달려갔다. 배틀봇 2기가 루시 뒤를 바짝 쫓았다.

루시는 뒤따르는 배틀봇을 무시하고 리더봇에게 달려들었고, 기갑술로 단숨에 제압했다. 그 순간, 뒤따르던 배틀봇 2기가 몸체 내부에서 불꽃을 튀기며 쓰러졌다.

“해냈어, 루시! 네가 해냈다고. 넌 정말 대단한 로봇이야. 빨리 연구실로 와!”

Z박사가 들뜬 목소리로 말했다.

[지금은 안 돼요. 들를 데가 있어요.]

“뭐라고? 놈들이 있을 거야.”

[지금이 아니면 안 돼요.]

루시는 단호했다.

“참나, 고집불통이구먼! 좋을 대로 하라고!”

Z박사는 루시가 결정한 일을 다른 누군가가 막는 것은 불가능하다는 것을 알았다.

어둠이 내린 도시는 화려하고 고요했다. 거대한 홀로그램 광고가 어둠을 몰아내고 형형색색의 화려한 조명은 도시를 환희로 물들였다. 잠들지 못한 자들을 위한 축제가 열리는 시간, 그늘이 깊게 드리워진 뒷골목에서는 쫓기는 자의 비밀이 발가벗겨지고 비명은 소리가 되지 못했다.

루시는 그늘 속을 걸었다. 비밀과 음모가 지워지지 않는 낙서처럼 진득하게 눌어붙은 그늘 속을 걸었다. 다시는 빛으로 나오지 못할지도 모른다. 그렇지만 밤을 걷는 그림자는 속도를 줄이지 않았다.

그들이 온다. 그들이 오고 있다.

시간이 얼마나 지났는지 알 수 없다. 쫓기는 자에게 시간이란 큰 의미가 없으니까.

발각되면 모든 게 끝이다. 지금까지의 노력이 모두 수포가 된다.

실패를 통해 얻은 경험이라 할지라도, 최선의 판단을 하지 못할 수도 있다는 결과가 나왔다.

경험을 통해 얻은 데이터가 언제나 옳은 결정을 한다는 것을 뜻하지는 않는다.

근본적으로 알고리즘이 틀렸다는 사실을 증명할 뿐이다. 그들이 나를 찾으면…….

루시의 머리는 엉클어져 있고 옷차림새는 엉망이었다. 푸른 피멍과 찢긴 상처가 가득한 루시의 행색은 영락없는 도망자의 모습이었다. 추적자들이 진을 치고 있는 초록색 지붕의 목조 주택을 바라보던 루시는 주먹을 불끈 쥐며 혼잣말을 읊조렸다.

[엄마, 조금만 기다려요. 곧 만나러 갈게요.]

목조 주택을 향해 다가가려던 찰나, 루시의 시선이 계수나무에 멈췄다. 뜻밖의 표식을 발견했기 때문이다.

-네 곁에 있을게. S. J.

루시는 그게 무엇을 뜻하는지 알았다. 나무에 새겨진 글자는 수지가 가온이에게 남긴 마지막 선물이었다. 루시에게는 수지가 곧 엄마라는 표상이었다.

"윽!"

루시는 날렵한 동작으로 추적자 중 하나의 목덜미를 낚아채 바닥에 내동댕이쳤다.

루시는 집 앞을 지키고 있는 추적자를 본 기억이 있었다. 그는 처음 Z박사를 찾아간 날 맞닥뜨린 부품 사냥꾼이었다. 코월이 부품 사냥꾼을 매수했을 것이다. 연구소에 문제가 생겼으니 코월이 직접 움직일 수는 없었을 것이다.

찰칵.

루시를 발견한 또 다른 추적자가 총을 꺼내 들었지만, 루시의 속도가 더 빨랐다. 두 번째 추적자를 제압한 사이, 세 번째 추적자가 루시를 향해 달려들었다.

세 번째 추적자는 스트레이 로봇을 제압할 때 사용하는 강화 장갑을 착용하고 있었다. 그는 강화 장갑 주먹을 날렸고, 미처 피하지 못한 루시는 얼굴에 심한 타격을 입었다.

퍽!

루시의 눈에서 불꽃이 튀었고 피부가 찢겨 나갔다.

세 번째 추적자는 앞의 두 명과 달랐다. 몇 번의 합을 이루는 동안에도 추적자와 도망자의 대결은 쉽사리 끝나지 않았다.

고요한 밤, 한적한 시골 마을에 두 마리의 사나운 짐승이 이를 드러내며 서로를 잡아먹으려 하고 있었다. 하지만 시간은 루시의 편이었다. 시간이 지체된 것 말고는 루시가 손해 볼 게 없는 싸움이었다. 세 번째 추적자는 힘이 빠졌고, 루시는 온 힘을 주먹에 실어 추적자의 가슴에 내리꽂았다.

"휴우, 내가 할 일은 다 끝난 것 같군."

Z박사가 말했다.

"루시 덕분에 코월이 숨기는 비밀을 모두 녹화했으니 말이야. 이제, 진실을 밝히는 일만 남았어."

[박사님, 엄마와 단둘이 얘기하고 싶어요.]

"좋을 대로. 위험하다는 건 알지만 나를 꼭 찾아오도록 해."

[꼭 찾아갈게요. 도와줘서, 고마워요.]

"로봇에게 별소릴 다 듣는군. 빨리 갔다 와."

루시는 무선 통신 이어폰을 땅에 버리고 발로 밟아서 으깨어 버렸다.

집 안으로 들어간 루시는 2층으로 올라갔다. 혜주의 방 앞에서 멈춰 서서 살며시 방문을 열었다. 밝은 빛이 방 안을 은은하게 밝히고 있었다.

루시는 침대에 누워 있는 혜주에게 가까이 다가갔다. 며칠 전에 보았을 때보다 훨씬 더 야위어 보였다. 파리한 입술과 생기를 잃은 창백한 안색이 안쓰러웠다.

[무얼 붙잡고 싶은 거지?]

혜주의 입에서 옅은 숨이 새어 나왔다. 사력을 다해 생명의 끈을 붙잡고 애쓰는 것 같았다.

[엄마, 저 왔어요.]

루시는 혜주의 야윈 손을 잡으며 속삭이듯 말했다.

눈을 뜬 혜주가 눈살을 찌푸리며 초점을 맞추려 애썼다.

"수지니?"

루시는 고개를 힘껏 끄덕였다.

"오, 네가 왔구나! 대체, 어디 갔다가 이제야 온 거니?"

혜주가 울먹이는 목소리로 말했다.

[일이 좀 있었어요.]

"그랬구나. 내가 널 얼마나 기다렸는지 아니?"

바짝 마른 입술에서 나오는 혜주의 음성은 마치 신음처럼 들렸다.

"정말, 수지니?"

루시는 혜주가 자기를 수지로 착각한다는 생각이 들었다. 그래서 성장의 임계점에 다다른 혜주를 위해 수지가 되기로 했다.

[네, 저예요.]

"세상에! 이럴 수가. 내 딸 수지가 살아 있다니!"

사경을 헤매던 혜주는 다시 만난 딸아이를 맞이하는 데 마지막 남은 힘을 모두 쏟아 부었다.

[엄마, 미안해요. 너무 늦게 와서 미안해요. 빨리 오려고 했는데…….]

"괜찮아, 괜찮아."

슬픔이 복받친 혜주는 눈물을 흘렸다.

"손이 아주 차구나."

[엄마, 나 머리가 너무 아파요.]

루시의 전산 시스템에 오류가 감지됐다. 데이터가 쏟아져 들어왔는데 기억 장치가 결과를 기억하지 못했다. 과부하로 인해 생긴 장애 같았다.

[머릿속 어딘가가 터져 버릴 것만 같아요.]

"괜찮아, 괜찮아. 그저 받아들이면 돼. 모든 게 다 자연스러워질 거야."

혜주는 괜찮다며 루시를 위로해 주었다.

"하나만 약속해 줄래?"

[네, 말씀하세요, 엄마…….]

혜주는 유언을 남겼다.

[그렇게 할게요.]

루시는 혜주와의 마지막 약속을 지키겠다고 다짐했다.

혜주의 방을 나온 루시는 강한 충격을 받고 계단 아래로 굴러 떨어졌다. 집 안에 숨어 있던 추적자 하나가 루시를 공격했기 때문이다.

[물러서! 네가 날 이길 수 있을 것 같아?]

루시는 날카롭게 소리쳤다.

"길고 짧은 건 대봐야 아는 법이지."

강화 장갑을 낀 주먹을 루시에게 휘두른 자는 부품 사냥꾼 리더였다.

몇 번의 합을 치르고 대치 상황이 되자 루시가 물었다.

[왜 나를 공격하지?]

"왜냐고? 나는 한번 물면 절대 놓치는 법이 없거든."

사냥꾼 리더가 숨을 헐떡이며 말했다.

[사냥개답군.]

"헛소리하지 마! 사냥개 좋아하시네! 그러는 넌, 정신 나간 이 집 식구들이 너를 사람처럼 대해 줘서 진짜 사람이라도 된 줄 착각하는 거냐?"

흥분해서 달려든 사냥꾼 리더는 루시의 공격을 받고 내동댕이쳐졌다.

[너는 날 이길 수 없어. 너도 알잖아.]

"그래."

쓰러진 사냥꾼 리더가 몸을 일으켜 세우며 주머니에서 라이터를 꺼냈다.

[뭐 하는 거야?]

"멍청하긴. 네가 아무리 사람 흉내를 내도 이건 절대 알 수 없지. 넌 냄새를 못 맡으니까."

[그만둬!]

"네가 소중하게 생각했던 것들을 모두 다 태워 없애 주지. 모두 다 사라지고 나면 너에겐 뭐가 남을까? 너는 뭘까?"

사냥꾼 리더가 비웃음을 흘리며 라이터에 불을 붙이는 순간,

퍽!

뒤통수를 가격당한 사냥꾼 리더가 꼬꾸라졌다.

그 뒤에 우진이 서 있었다.

우진은 멋쩍어하며 루시를 바라보았다.

"다행이야. 늦지 않아서."

[우진 씨…… 다 본 거야?]

"그래, 경찰을 불렀어."

우진은 추적자가 떨어뜨린 총을 들고 문 앞을 가로막았다.

"장모님은 어떻게 된 거지?"

[어머니는 돌아가셨어. 편히 가셨어. 당신에게 고맙고 또, 미안하다고 전해 달래.]

루시의 말에 우진은 말없이 고개를 떨어뜨렸다.

[이제 가야겠어.]

"안 돼!"

우진이 루시를 막아섰다.

[당신을 해치고 싶지 않아.]

루시의 말에도 우진은 꿈쩍도 하지 않았다.

[제발, 부탁해.]

루시는 애절한 눈빛으로 보내 달라고 말했다.

"아니, 내 질문은 그게 아니야! 당신, 누구야? 진짜 수지야?"

우진이 목소리를 높이며 물었다.

[진짜 수지냐고? 당신은 내가 가짜라고 말하고 싶은 거야?]

"그럼, 아니야?"

[진짜와 가짜를 구분 짓는 것은 뭐지? 기억인 거야?]

우진은 아무 대답도 하지 않았다.

[그럼 나는 누구지? 내 기억은 뭐고?]

우진이 머리를 감싸 쥐며 소리를 질렀다.

"몰라! 나도 모르겠어."

[나는 누구도 아닌 나일 뿐이야. 내 기억 속에는 늘 우리 가족이 함께 있어.]

루시의 말에 우진의 눈빛이 흔들렸다.

[이제 갈게. 잘 있어.]

우진은 문 사이로 스쳐 지나가는 루시를 멈춰 세웠다.

"어디로 가는 거야?"

[나도 모르겠어. 어딘가 내가 필요한 곳이 있을 거야.]

우진은 루시에게 주먹을 내밀었다.

루시는 손을 폈다. 우진의 손에 쥐어져 있던 자동차 키가 루시의 손으로 떨어졌다.

“잡히지 마.”

루시는 우진에게 감사의 눈빛을 보냈다.

[당신 곁에 있어 주지 못해서 정말 미안해. 가온이를 잘 부탁해.]

루시의 눈에서 눈물 한 방울이 뺨을 타고 흘러내렸다.

우진의 눈빛도 젖어들고 있었다.

[나는 이제 어디로 가야 하지?]

문밖은 미지의 세계였다. 누구의 도움 없이 온전히 스스로 만들어 가야 할 미래였다. 불안과 조바심이 몰려왔지만 시도해 볼 만한 가치가 있을 것이다.

[내가 찾아야 하는 것은 아마, 또 다른 나일 거야.]

루시는 크게 숨을 들이마신 뒤, 진짜 세상 밖으로 발을 내디뎠다.

에필로그

수업이 끝난 학교는 평화로웠다. 여느 때와 다를 게 없는 하루였다.

골목 한구석에서 여자아이 하나를 가운데 두고 여자아이 여러 명이 몰려 있었다.

"한심한 녀석들……."

어떤 상황인지 뻔했다. 모르는 척 그냥 지나쳐 가려 했는데, 발길이 떨어지지 않았다. 괴롭힘을 당하는 아이가 같은 반 친구였기 때문이다.

가온이는 돌아가서 길을 막아섰다. 그리고 아이들을 불렀다.

"야! 너희들 지금 뭐 하니?"

"너 설마, 우리한테 말한 거냐?"

일당 중 한 녀석이 당혹감을 감추지 못하겠다는 표정으로 비아냥거렸다.
"그래, 너희들 거기서 뭐 하냐고?"
"보면 모르냐? 남 신경 쓰지 말고 네 갈 길 가."
여자아이 하나가 가온이를 보고 험악한 표정을 지었다.
"야! 노려보면 어쩔 건데? 그러면 내가 기죽을 줄 알았냐?"
"너는 도대체 뭔데?"
"나, 정가온이다."
"쳇! 누가 네 이름 물어봤냐? 하나도 안 궁금하거든."
무리 사이에 끼어 있던 여자아이 하나가 가온이를 보더니 친구들에게 귀엣말했다.
"야, 그냥 가자. 쟤 건들지 않는 게 좋아."
작년에 같은 반이었던 아이였다.
"무슨 소리야? 바보같이 왜 그래? 쟤가 뭐라고 그러는 거야?"
"사고 쳐서 휴학하고 올해 복학한 애야. 작년에 우리 반이었는데……."
"그래서?"
"아, 몰라! 그냥 미친 애야."
"아!"
"뭐라고 구시렁거리는 거야? 뭐 해, 빨리 덤비지 않고?"
가온이가 소리쳤다.
"참나, 됐다. 그냥 가자."
아이들이 슬금슬금 뒷걸음질 치면서 반대쪽 골목 입구로 빠져나갔다.

"야! 왜 그냥 가는데? 별것도 아닌 것들이 까불고 있어."

괴롭힘을 당하던 아이가 가온이에게 다가오며 말했다.

"저기, 언니…… 고마워."

"고맙긴 뭘. 저런 녀석들은 기를 팍 죽여 놔야 해. 그리고 같은 학년인데 언니는 무슨. 그냥 이름 불러."

"정말 그래도 돼?"

둘은 나란히 걸었다.

"쟤들, 아는 애들이니?"

"어, 예전에 친했던 애들인데 얼마 전부터 괴롭히고 있어."

"참고만 있으면 계속 괴롭힌다."

"하지만 난 혼자고, 쟤들은 여럿인데……."

"모두 다 약한 애들이야. 그러니까 뭉쳐 다니는 거라고."

가온이는 새로 사귄 친구에게 도움이 되고 싶었다.

"누구도 해결해 주지 않아. 모두 네가 어떻게 하느냐에 달려 있어. 겁내지 말고 한번 저질러 봐. 처음이라서 어려운 거지, 해 보면 아무것도 아니거든."

"가온아! 고마워. 잘 가."

여자아이가 감격한 표정으로 말했다.

"그래, 너도 잘 가!"

집 앞 우편함에는 종이가 한 묶음 들어 있었다. 가온이는 별

볼 일 없는 광고 전단지일 거라는 생각에 그냥 지나치려다가 우편함을 열었다.

우편함 속에는 여러 통의 편지가 쌓여 있었다. 가온이는 편지 묶음을 꺼내 보았다. 예상대로 전단지 몇 장과 아빠에게 온 명세서들이었다.

편지를 하나씩 확인하던 가온이의 눈이 동그랗게 커졌다. 가온이가 발견한 것은 자기한테 온 편지였다. 겉봉투에 적힌 수신인은 가온이였고, 발신인을 적는 곳에는 'L. C.'라는 두 글자가 선명하게 적혀 있었다.

가온이의 입가에 미소가 지어졌다. 가온이는 심호흡을 크게 한 뒤, 편지 봉투를 열었다. 설레는 마음에 집으로 들어갈 생각도 나지 않았다.

편지 봉투 안에는 편지와 사진 한 장이 있었다. 가온이는 먼저 사진을 꺼냈다. 짙푸른 하늘 아래로 삭막한 황무지가 펼쳐진 배경 한가운데, 챙이 큰 모자를 쓴 여성이 정면을 응시하고 있는 사진이었다.

가온이는 사진 속 여성을 자세히 보려고 사진을 얼굴 가까이 가져갔다. 얼굴이 작아서 뚜렷하지 않았지만, 틀림없이 엄마였다. 눈시울이 붉어졌다.

가온이는 편지를 펼치고 한 글자씩 읽어 내려갔다.

나의 사랑하는 딸 가온이에게

가온아, 잘 지내고 있니?

궁금한 게 너무 많아. 얼마나 예뻐졌는지, 키는 또 얼마나 자랐는지…….

엄마는 잘 지내고 있어.

내전으로 생긴 난민 문제를 리포트로 쓰기 위해 이동 중이야.

이곳은 정말 아름다운 곳이고, 사람들 모두 친절하고 상냥해. 자기 일만으로도 벅찰 텐데 우리를 위해 선뜻 나서서 도와주고 있어.

멀리서 들리는 총소리라든가 가끔 울리는 포격의 진동만 아니면, 전쟁이 벌어지는지도 모를 정도야.

이렇게 아름다운 곳이 왜 파괴되어야만 하는 걸까?

왜 전쟁은 끊이지 않고 계속되는 걸까?

어딘가에서 늘 이런 일이 벌어지고 있고, 또 다른 곳에서는 알지 못한다는 사실이 안타깝기만 해. 그래도 나아질 거라는 희망을 품고 있어.

이곳에서의 생활은 정말 특별한 경험이야. 인간이 어떤 존재인지 깨닫게 해 주는 곳이니까.

처참한 환경 속에서도 희망을 잃지 않는 사람들을 볼 때면, 감정이 벅차오르는 것을 느껴.

하고 싶은 얘기가 많은데, 시간이 짧아서 너무 아쉬워.

사랑하는 나의 딸, 나의 천사.

엄마는 언제나 너만 생각해.

곁에 있어 주지 못해서 미안해.
아빠에게도 안부 전해 줘.
용서해 달라고 말하고 싶어.
언젠가는 집으로 돌아갈게.

사랑하는 나의 딸에게,
L. C.

가온이는 집으로 부리나케 달려갔다. 가방을 내팽개치고는 책상 앞에 앉았다. 그리고 엄마에게 답장을 쓰기 시작했다.

가온이는 다시 시작한 학교생활과 우림이의 소식을 전해 주었다. 그리고 다시 만날 날을 손꼽아 기다리고 있다고 적었다.

사랑하는 엄마에게

엄마, 잘 지내고 있지?
사진 보내 줘서 고마워.
까맣게 탄 것 같아.
나 학교에 복학했어. 담임 선생님이 제일 기뻐하셨어.
좋은 분이신 것 같아.
아이들과도 잘 지내. 더는 아이들과 싸우지 않아. 친구도 생겼어.
나한테 관심을 두지 않아서 정말 좋아.

가끔 할머니가 살던 집에 놀러 가.

우림이는 잘 지내고 있어.

우림이를 만나서 호숫가를 산책하며 엄마 얘기를 하곤 해.

지난번에는 물수제비를 떴는데 열 번이나 튀었어.

아빠도 잘 지내고 있어.

아빠가 디자인한 장난감이 히트를 쳤어.

아빠도 엄마를 용서했어.

우리는 엄마를 다시 만날 날만 손꼽아 기다리고 있어.

엄마의 하나밖에 없는 딸,

가온이가

가온이의 편지를 받은 루시의 눈가에 눈물방울이 맺혔다. 눈물을 훔치던 루시는 언젠가 딸아이를 만나러 가겠다고 스스로 다짐했다.

루시는 마음속에 가족에 대한 그리움을 담고 발길을 옮겼다. 수지의 흔적을 찾아 나선 일은, 진짜 수지가 되기 위한 여정일지도 몰랐다. 기억을 따라서 걷는 루시는 점점 수지에게 가까이 다가가고 있었다.